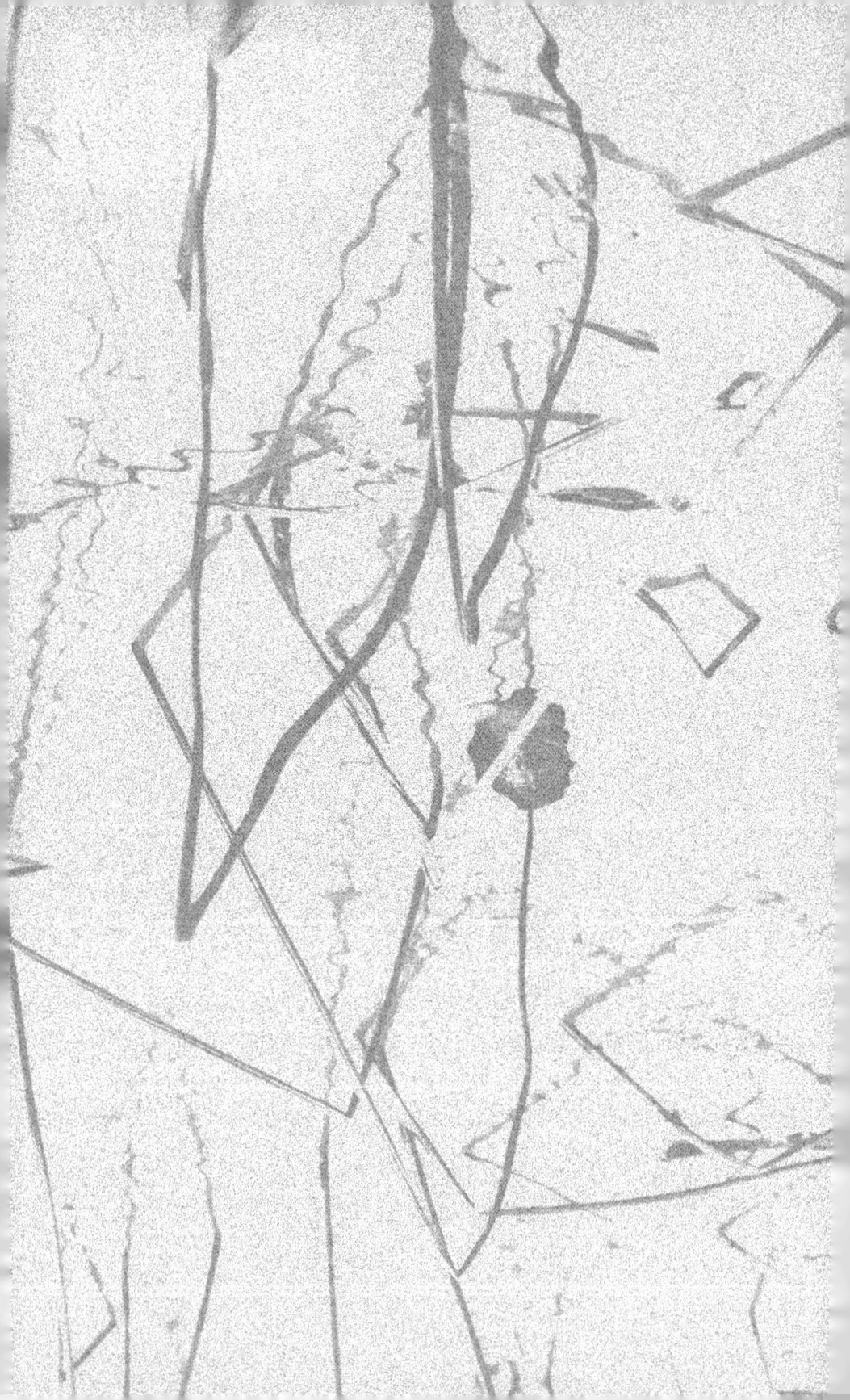

我的获奖诗联选

陈自如 / 著

合肥工业大学出版社

图书在版编目（CIP）数据

我的获奖诗联选/陈自如著.--合肥：合肥工业大学出版社，2024.
ISBN 978-7-5650-6929-1

Ⅰ.Ⅰ217.2

中国国家版本馆CIP数据核字第2024W4H118号

我的获奖诗联选
WO DE HUOJIANG SHILIANXUAN

陈自如　著

责任编辑	疏利民（24小时咨询热线13855170860）	
出　　版	合肥工业大学出版社	
地　　址	（230009）合肥市屯溪路193号	
网　　址	press.hfut.edu.cn	
电　　话	理工图书出版中心：0551－62903018	
	营销与储运管理中心：0551－62903198	
开　　本	710毫米×1010毫米　1/16	
印　　张	22.5	
字　　数	310千字	
版　　次	2024年9月第1版	
印　　次	2024年9月第1次印刷	
印　　刷	安徽联众印刷有限公司	
发　　行	全国新华书店	
书　　号	ISBN 978-7-5650-6929-1	
定　　价	58.00元	

如果有影响阅读的印装质量问题，请与出版社营销与储运管理中心联系调换。

云铺轨道春为岸

星点桅灯月引船

"微笑杯"征联一等奖

陈自如撰

马萧之书

1994年"微笑杯"交通对联大赛一等奖联

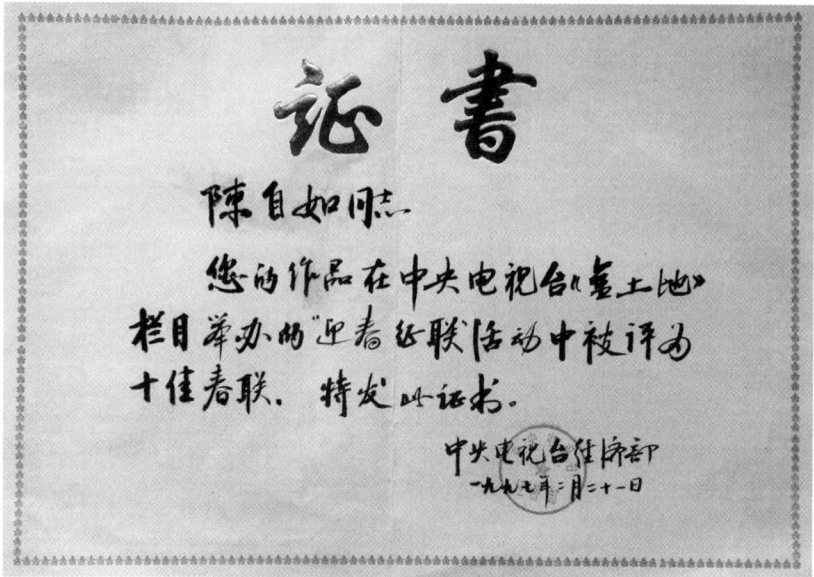

证　书

陈自如同志：

您的作品在中央电视台《黄土地》栏目举办的迎春征联活动中被评为十佳春联，特发此证书。

中央电视台住房部

一九九七年二月二十一日

1997年中央电视台春联大赛十佳春联奖（一等奖）证书

获奖证书

陈自如　先生（女士）：

您的作品获得"现代杯"辛亥革命100周年海内外诗词楹联书法大赛

（楹联）壹等奖。

特发此证，以资鼓励！

中华诗词学会、中国楹联学会

野草诗社、湖北现代城建集团

2011年11月1日

2011年"现代杯"辛亥革命100周年海内外诗词楹联
书法大赛楹联一等奖证书

序一

卢晓

诗联自此称高手　才德如其是大家

陈自如先生约我为其获奖诗联选集写序，我是有些惶恐的。一则自己算不上名家，恐降低其大作的影响力；二是本人虽在联界"躬耕"30余年，却鲜有大作名世，担心水平难及，降低说服力。好在我与陈老师相识多年，又有多次为安徽联界效力的共同经历，再加上我家儿媳为陈兄老乡（安徽铜陵人），总感觉有一层似亲非亲的特殊关系。这样想来，也就心安理得了。

陈自如老师是联坛大家、诗坛名家，这一点不会有任何争议的。他的获奖作品、获奖经历、获奖次数就足以说明。安徽联坛、诗坛也一直以他为荣，只要皖人谈及安徽联界诗界中人，他是必被提及的人物之一。

陈先生长期从事供销工作，20世纪80年代初开始从事诗联等文体的文学创作，从《人民日报》《中国交通报》等中央媒体，到诗联界报刊媒体，他先后有1000余件作品发表；从中宣部、中央电视台、中华诗词学会、中国楹联学会等参与组织的国家级作品征集活动到市县级作品大赛，陈自如有1000余次获奖经历，其中荣获一等奖就达200余次。从他开始走上诗联创作之路算起的40余年里，平均每年都有不少于几十次获奖的经历，可以说是拿奖拿到手发软。因此诗联界称他为"获奖专业户"，安徽电视台还专门为他做了一期电视节目。

此书作者选编了40多年来在全国诗联大赛中的获奖对联、诗词及发表的作品，还一并选录了作者原已发表的写作经验介绍等文章。主题突出，内容广泛。时政诗联、反腐诗联、山水名胜诗联、佛教道教联、新春联、应邀题撰联等应有尽有，异彩纷呈，尤其是获奖诗联中还配有名家、评委以及评委会的点评或颁奖词，更为本书增辉不少。

纵观作者的作品，尤其是获奖作品，我觉得其创作之路之所以走得那么坚实、顺畅，令人羡慕，应该有以下几个方面的原因——

一是有生活，接地气。作者长期从事地方供销工作，可以说一头连着党和国家的大政方针，一头连着普通百姓的日常生活。国家政策的变化，都会在人民的平时生活中得到反映，作者是见证者、记录者。比如，1992年获得"华晋杯"全国春联大赛一等奖的春联：

旭日行天，喜盖通红大印；
神州铺纸，欣签致富合同。

当年正是我国改革开放初期，安徽省凤阳县小岗村分田到户时十八枚鲜红的手印，在全国人民心目中是何等神圣；促进商贸流通、鼓励兴办企业，发家致富都是当时的"热词"，而欣欣向荣的各行各业都要规范经营，签订合同。作者感受到了时代的气息，更为了解普通群众的所思所盼，这样一联获得大奖在当时也就理所当然的了。再比如，1994年湖南"行业谐联"大赛一等奖联：

村间座座楼，问哪座层楼最美？瞧，指手直朝学校；

世上行行业，属何行事业崇高？听，赞言都道教师！

是呀，只要到农村走走看看，最美的建筑就是学校，最受尊重的职业还是人民教师。

再欣赏一首陈先生的获奖诗作《七绝·订合同》：

银犁笔蘸汗花香，纸展水田长又方。

我把承包合同订，太阳盖下大公章。

此诗作荣获1986年枞阳县年度文学创作二等奖。试想，没有当年的生活阅历是不可能写出这样优美而又接地气的诗作的。诚如有人评价这首诗："在这首诗中，读者稍许细心就可以看到一个巨人形象，握着银犁这支笔，摊开责任田这张纸，用汗墨书写姓名，随手摘下太阳这颗大公章就盖上了。这是多么不可思议，多么大胆新奇！"

二是作者善于从生活细节入手，意象（或境界）丰满。王国维在《人间词话》中说："词以境界为最上。"那么我认为作诗作联也要有"境界"。有境界就是有意象，用形象表现主题。陈自如先生的诗联作品就比较讲究"境界"。我们看他的《花汗巾》（新诗）：

山里姑娘花汗巾，天长日久色褪清。

要问色彩哪里去？染出一片花果林。

此诗获1989年广西《南国诗报》庆祝新中国成立四十周年"'刘三姐杯'全国诗歌大赛"二等奖。读罢此诗眼前就会有：大山里、果林旁，一位忙碌而美丽的姑娘手拿汗巾拭汗的"意象"。这或许只是表面的意象，更深层次的"境界"则是农村姑娘响应国家号召承包荒山果林，喜获丰收。诗里的"色褪、花汗巾、染"等细节对于农村姑娘的形象的塑造很是关键。

> 入伍哥哥，难忘乡里圆圆月；
> 持家嫂嫂，爱望天边闪闪星。

这是2003年湖北"精彩中国"第24届春联大赛一等奖作品。两行句两个人，却写出了万般情感。哥哥忘不了"圆圆月"，嫂嫂爱看"闪闪星"。这可不是其一家的"圆圆月"和"闪闪星"，是全体兵哥哥、兵嫂嫂，乃至全国人民的共同愿望与期盼！

三是作者始终能够把握时代脉搏，围绕当年重大主题创作。看1999年庆祝新中国成立50周年全国征联大赛一等奖作品：

> 五十年两首歌，歌唱东方红，歌唱春天故事；
> 九万里千张画，画描西部绿，画描世纪新图。

是年既是新中国成立50周年，也是世纪之交，作者正是把握了这两个时间节点，用最具代表性的事件来为主题创作服务。50年来中国发生的大事要事太多了，作者巧妙地选取"两首歌"，一首歌唱毛泽东带领全国人民推翻"三座大山"获得了彻底解放，一首歌唱邓小平南方谈话开启我国改革开放的新征程。下联承接上联，从"九万里千张画"中选取了两个具有代表性的画面：西部绿和世纪新图。这两张画或许最能引起大家及评委的共鸣，获奖自在不言中。

再比如，2023年"古城挂春联·寿春年年红"第五届春联大赛一等奖悬挂联，寿春定湖门（西门）：

定世安民，赖虎帐聚贤才，谋成中国式；

湖清山美，凭兔毫濡特色，绘出寿州春。

上联意在赞美党的丰功伟绩，下联写地方党委政府在党的英明领导下，绘就一幅山美水美的中国特色社会主义新画卷。能够"定世安民""谋成中国式""绘出寿州春"的只有中国共产党。尤其是"中国式"的运用，既大胆，又恰到好处。党的二十大报告阐述了"中国式现代化"的中国特色和本质要求。作者这样一用给人一种耳目一新的感觉，以至于后来不少联家也都使用了这个简缩的词语。

四是作者善于使用修辞，增加了作品的张力及感染力。先看一组获奖联——

1994年中国交通报社、中国楹联学会主办"微笑杯"交通对联大赛一等奖联：

霞铺航道春为岸；

星点桅灯月引船。

1997年安徽庐阳春联大赛二等奖联：

春有多长？纵横三万里；

富归何处？远近百千家。

2008年四川都江堰创建中国楹联文化市征联大赛三等奖联：

八条水绕作琴弦，齐弹盛世和谐曲；

三面峰撑开画架，好绘新城富裕图。

2009年山西太原"铭戴杯"征联大赛二等奖，题父母合葬墓联：

父母驻音容，音似清风容似月；

儿孙传品德，品同碧水德同山。

第一联中的"铺""点"用了拟人修辞，"春为岸""月引船"用了比喻。第二联中运用了设问和夸张的修辞。第三联中既用了拟人，也用了比喻。第四联中音容品德重复亮相，不显丝毫庸赘，盖因作者搜集了最富诗意、最能撩人情性的物象比拟："清风"比音，"明月"喻容，"碧水"题品，"高山"赋德。比兴之间，情更生焉，似此风骚之笔，自能灵妙动人。作者的获奖诗联中如此大量使用修辞的联句诗句还有很多很多……

除了以上讲的这些，还有作者善于对创作背景材料的反复研究斟酌，对语言文字驾轻就熟的把控等等，我想这或许就是作者能够获得大奖的秘籍吧。

此书既是作者40多年以来文学创作征程足迹的记录，也是诗联创作收获的见证；既是一部获奖诗联集，还是一部可读可赏性的示范书，更是一部研究作者创作风标的图书。欣赏、学习这些作品，不仅可以陶冶性情，丰富知识，对于我们创作也大有裨益。

是为序。

序二

梁石

追求卓越　杜绝平庸

　　陈君自如，诗联达人。独具慧眼，穿越时空。披阅远古史，熟读《山海经》。让"神荼""郁垒"，做家户门神。又谓之"桃符"，乃春联雏形。亦读《诗经》，如沐春风。口吟风雅颂，笔吐赋比兴。唐诗宋词，功课用勤。多年苦修，不辍笔耕。借新古韵，抒家国情。通文史哲，抖精气神。顺应时代，多应约征。立意高远，构思新颖。对仗工丽，章法严谨。文心审美，诗意品评。双行求一巧，四两拨千斤。挥书大我，妙点风云。追求卓越，杜绝平庸。屡屡获奖，榜榜有名。成百上千，扮靓群星。

　　党庆百年，辛亥三民。运河放彩，华晋彤云。韵美西安，花醉南京。清风微笑，廉政弥新。两水苗族，桥山黄陵。霞铺航道，星点桅灯。扬眉特色,悦耳强音。谁签合同?我盖大印。虹飞三万里,彩夺万千门。讲五千年故事,迎九万里新春。画描西部绿,歌唱东方红。东升日暖,西望春新。十分喜庆,八面威风。心贴北京知日近,眼观西部觉春浓。乡里圆圆月,天边闪闪星。改革致富,和谐伴春。千秋民族福,六秩里程新(新中国六十华诞)。中华扬特色,大典奏强音。好戏连台,曲调汾水韵;新歌遍地,剧演晋阳情(山西大剧院)。枝参天无欲,节破土有根(题竹)。虎步才添翼,兔毫又点睛(兔年春联)。蓬莱生福,科技酿春(烟台春联)。看如此春,人皆悦目;说这些事,谁不开心。踏香归老者,捎绿有游人。打长途,问安二老;编短信,祝福三春(太原国际春联)。国强民有富,心正意偏浓(国税)。锤镰昭党性,政策暖民心(廉政)。好雨酬勤,千家趋富;廉风送爽,九域鼎新。引我亲和,催人奋进。比他城市,看我乡村。倒写蓝天一张纸,横弹绿地四时琴。无私廉似水,有爱暖如春。法聚正能量,春铺新里程。公心一寸荣千丈,私念三钱耻万钧。清风作笔,正气为琴。才昭事业,梦好人生。江河须激浊,日月不沾尘。心中三尺法,头上一天青。铺天大写清廉俭,立地高擎善美真。国梦连家梦,人心暖我心。兴福开春色,宜人有笑声。回眸旧岁十桩喜,迈步新安一路春(新安春联)。飞扬喜气,点赞春风。织编盛世,建筑阳春。千家福彩,一度春风。一张福彩千家喜,卅载春风万缕情。当知国梦连家梦,不忘初心树信心。情浓春意里,德美孝心中。一声天地晓,五德古今春。一声催晓醒天地,五德延春润古今(鸡年春联)。清廉已化世间德,忧乐仍关天下情。长追好梦,永抱初心。任奏自然曲,宜题生态文。谋成中国式,绘出寿州春(寿州春联)。拨撩春水万潮白,捞捕夕阳一网红。万里龙行春作路,千家燕返福开门(龙年春联)。

陈君自如,满腹经纶。心中有诗,笔下有神。雕璞为玉,点石成金。"杜鹃女传奇"，叙事吐真情。哭别双亲泪，长诗韵感人。生花妙笔，诗联出新。为何获奖无数？陈君送宝传经。新著即将面世，读者争相传诵。

欣然作序，同勉共进。

甲辰年谷雨后三天于逸然斋

目录 Catalogue

辑一 历届全国对联大赛获奖作品选

辑二　全国诗歌诗词大赛获奖作品选

附　录

后　记

历届全国对联大赛获奖作品选

1992年全国对联大赛获奖作品选

"华晋杯"春联大赛一等奖

旭日行天，喜盖通红大印；

神州铺纸，欣签致富合同。

注：该联入编花城出版社2008年出版的《对联写作指导》（教材）。

《对联写作指导》评：

新旧春联很多，适用农村的就有"勤劳门户；福寿人家"、"春丽百花艳；岁新五谷丰"等。此联不落窠臼，从改革开放时期国家农业新政策出发，反映给农村带来的可喜变化：农民情绪昂扬，生产热情高涨，积极承包，奋力奔小康。全新的构思，全新的语言。作者把神州大地比作合同书的纸，把旭日比作签订合同所盖的鲜红大印，比喻新颖，这是创造性的联想。全联新风扑面。

白启寰评：

立意新颖，比喻生动，尤其是"大印"和"合同"两个新名词的运用，自然生动，使得全联喜气洋溢，而又不落俗套。

韦化彪评：

比喻加夸张手法的运用，使其特点鲜明。同时，追求时代语言的新鲜感，而弃颜色词的工对亦是其特点。

张家安评：

联文通过形象的比喻（旭日——大印）、鲜明的色彩（通红）、恰到好处的夸张（神州大地——纸），勾勒了一幅经济繁荣、生机盎然的喜庆景象，尤其是将"盖大印""签合同"这种与经济建设息息相关的新词嵌入联中，完全跳出前人春联的窠臼，给人以耳目一新的感觉。

卢晓评：

当年正是我国改革开放初期，安徽省凤阳县小岗村分田到户时十八枚鲜红的手印，在全国人民心目中是何等神圣；促进商贸流通、鼓励兴办企业，发家致富都是当时的"热词"，而欣欣向荣的各行各业都要规范经营，签订合同。作者感受到了时代的气息，更为了解普通群众的所思所盼。这样一联获得大奖在当时也就理所当然的了。

"黄河杯"歌颂残疾人保障法征联大赛一等奖

九章一法均为德；
万水千山总是情。

白启寰评：

此联为半集句联，下联系一部电影名。"九章一法"实指一部《中华人民共和国残疾人保障法》共有九章。此联对仗极工妙，一个"德"字，一个"情"字，内涵极为丰富。

1993年全国对联大赛获奖作品选

湖北省纪念毛泽东诞辰100周年征联大赛一等奖

　　四卷启明，伟略雄才昭日月；
　　九州致富，小康特色壮乾坤。

湖南省纪念毛泽东诞辰100周年征联大赛三等奖

　　问泰岳寻碑，岳曰：丰碑永在民心里；
　　听长江祝愿，江言：伟愿常存国脉中。

宁夏回族自治区银川市纪念毛泽东诞辰100周年征联大赛三等奖

　　华诞百春，一代丰功荣马列；
　　雄文五卷，千秋真理福人寰。

安徽省铜陵市首届青铜文化节征联获奖悬挂联

　　铜山铜矿，冶就青铜文化；
　　宝地宝城，弘扬国宝精神。

安徽庐阳春联大赛优秀奖

南巡开路，脚上雄风心上火；

北斗指航，胸中热浪眼中春。

1994年全国对联大赛获奖作品选

庆祝新中国成立45周年"富强杯"征联大赛金奖

> 大典震人寰，时代强音犹悦耳；
> 小康舒岁月，中华特色更扬眉。

张家安评：

上联紧扣庆祝新中国成立45周年，指出"开国大典"这一"时代强音"震撼人心，至今让人记忆犹新，是回忆过去；下联展望未来，中华民族沿着中国特色社会主义道路向小康迈进，是何等扬眉吐气！"大典"对"小康"，大小相衬，对得多么妙！"震"对"舒"，刚柔相济，对得多么巧！"强音"对"特色"，声色相谐，对得多么美！"悦耳"对"扬眉"，形象生动，对得多么活！全联工稳妥帖，匠心独运，难怪有评论文章说"金奖联贵如金"了。此外，"大典"系《开国大典》的压缩词，被作者首个搬上了新中国诗联，以致后来在歌颂新中国、歌颂中国共产党的众多诗联家的获奖诗联中频频出现。这样的用词既是神奇的创新，更是大胆的创造！

白启寰评：

写得工雅典切，构思别出心裁，确实不同凡响。

中国交通报社、中国楹联学会联合主办"微笑杯"交通对联大赛一等奖

霞铺航道春为岸；

星点桅灯月引船。

横批：水天一色

注：该联由时任中国楹联学会会长马萧萧先生书写发表于1994年7月14日《中国交通报》，后又发表于人民交通出版社1997年出版的《交通对联选粹》。

马萧萧评：

把水路航运写得富有诗意。一个"霞"字，画出了航道上的天光水色；一个"春"字写尽了两岸风光绮丽，百业繁荣的景象；"星""月"又写出了航道上日夜兼程的繁忙情景，但这些繁荣与繁忙都不露形迹地化在了充满诗情画意的境界之中，表现出了航运职工的豪情壮怀。上联一个"为"字，下联一个"引"字，用得甚妙！全联着笔于水运行业，写得玲珑剔透，委婉动人，风格独异，确臻上乘！

曾保泉评：

该联富有诗情画意。构思上以"霞"和"星"带出日夜繁忙，并蕴含繁华景象，交融于"水天一色"的意境中。用字尤独具匠心，妙用"春"字、"为"字和"引"字，将此联境界托出，与王安石"春风又绿"的"绿"字异曲同工！

韦化彪评：

虚实结合的写法，值得借鉴。

湖南省"行业谐联"大赛一等奖

村间座座楼，问哪座层楼最美？瞧，指手直朝学校；
世上行行业，属何行事业崇高？听，赞言都道教师！

北京市百亭鱼乐园征联一等奖刻挂联

绿柳垂丝，万般钓趣同鱼乐；
小桥流水，一曲琴声伴鸟鸣。

邢伟川评：

柳丝垂钓同鱼乐，流水弹琴伴鸟鸣，运用巧妙的比喻，烘托出美丽的画面，有色有声，好不快哉。

北京市百亭鱼乐园征联一等奖刻挂联

凭亭打伞闲遮日；
伴柳垂丝乐钓春。

张家安评：

上联喻"亭"为"伞"，生动形象；下联一个"钓"字，恰到好处，既暗示了垂柳如丝的柔态，又点明了水中有无限春意。他题百亭鱼乐园的另一副获奖镌刻联"绿柳垂丝，万般钓趣同鱼乐；小桥流水，一曲琴声伴鸟鸣"，也不失为上乘之作。

淮北市"铁运杯"迎国庆征联大赛二等奖

一条铁路牵虹彩；
百里煤城涌浪潮。

石嘴山市"乌金杯"煤矿征联大赛三等奖

煤显乌金色；
矿通大地心。

安徽庐阳春联大赛二等奖

灯前学邓文，日自心扉出；
雪里寻梅蕊，春沿脚印来。

邢伟川评：

1994年这次征联揭晓，我就被陈老师这副联折服了，尤其两个结句非常出彩。"日自心扉出"利用比喻修辞格把读《邓小平文选》的感受表达得淋漓尽致；"春沿脚印来"，又用拟人的手法写得生动形象，真是妙不可言。

安徽庐阳春联大赛优秀联

一树梅香春有信；
百年政稳富无边。

1995年全国对联大赛获奖作品选

人民日报出版社、对联杂志社等单位联合主办"山西潞安矿务局石圪节煤矿庆祝解放50周年全国诗联大赛"楹联一等奖

> 出句：八月正金秋，潞军壮志开新宇；
> 对句：三中兴矿业，煤海豪情沸大潮。

江西松鹤亭悬句征对一等奖

> 悬句：白鹤有情飞来不飞去；
> 对句：苍松无语鉴古尤鉴今。

庆祝教师节十周年征联大赛二等奖

赠一位老教师

平生忙里乐，伴学子求知，学子常称慈母；
晚岁趣中闲，教娇孙读韵，娇孙直唤老师。

山西省原平市"梨花杯"短联大赛三等奖

梨香千树雪；
联写万家春。

山西人民广播电台"婚联寿联"大赛寿联三等奖

自寿联

性养平和谦且慎；
味求淡薄寿而康。

山西人民广播电台"婚联寿联"大赛寿联三等奖

嵌"竹梅"寿联

竹共虚怀松共寿；
梅同傲骨桂同芳。

纪念红军长征60周年征联大赛佳作奖

大渡大扬威，大壮苏区开大局；
长征长励志，长强华夏固长城。

安徽庐阳春联大赛二等奖

黑板一方，经天纬地；
讲台三尺，托日升星。

1996年全国对联大赛获奖作品选

陕西省西安市民生集团"民生杯"征联大赛二等奖

> 民心是秤；
> 生意如春。

安徽省"黄山松杯"海内外征联大赛优秀奖

> 红日升腾，蓝天一片霞如火；
> 白云飘落，碧海千重浪卷烟。

"交通杯"山东省单县第六届春联大赛三等奖

> 打假惩贪，当查硕鼠肥鼠；
> 鼎新致富，莫管白猫黑猫。

1997年全国对联大赛获奖作品选

中央电视台春联大赛十佳春联奖（一等奖）

好雨酬勤，千家趋富；
廉风送爽，九域鼎新。

安徽庐阳春联大赛二等奖

春有多长？纵横三万里；
富归何处？远近百千家。

安徽庐阳春联大赛优秀奖

年分四序春为首；
国喜双归港带头。

庆祝香港回归征联大赛二等奖

盛世臻荣，两制功成歌邓老；
中华雪耻，百年愿遂慰林公。

农村工作杂志社庆祝香港回归征联大赛三等奖

　　百年霸占总该休，英督还英，回头是岸；
　　九域团圆终可庆，港人治港，举目皆亲。

今古传奇杂志社庆祝香港回归征联大赛优秀奖

　　百年雾散分，南海明珠昭异彩；
　　两制旗开也，北京盛会壮新程。

湖北省首届"荆凤杯"婚联大赛三等奖

　　爱德爱才，重于爱貌；
　　知人知面，贵在知心。

1998年全国对联大赛获奖作品选

天津市缅怀周恩来邓颖超征联大赛三等奖

　　一代完人，民模国范；

　　千秋浩气，党魄军魂。

1998年抗洪颂湖南省岳阳市"大禹杯"征联大赛三等奖

　　全民皆禹；

　　众志成堤。

辽宁省朝阳市新华路楹联一条街征联大赛优胜奖刻挂联

　　题信用社

　　存取便人，八方信誉千山重；

　　融通忙我，百业财源万水长。

安徽庐阳春联大赛佳作奖

　　春在哪家？看梅蕊摇红，荆花吐紫；

　　喜缘何事？庆牛年归港，虎岁兴邦。

1999年全国对联大赛获奖作品选

安徽省合肥市第三届精神文明建设春联大赛一等奖

庆祝中华人民共和国成立50周年

代代呼天，天于五十年前亮；

人人爱国，国在千家业上强。

韦化彪评：

顶真式写法。把新中国立国比作"天亮"，故有上联结句。用"千家业"对"五十年"虽不甚工，但与全联关照，亦可称为巧思。

方在华评：

上联说新时代的开启，下联说新中国的强盛，用现代的语言与传统的形式，采用借代、联珠的手法，表达了中国人民对新中国诞生的喜悦与对改革开放、经济腾飞的自豪之情。用语不落俗套，以"代代呼天"表现中国人民对获得解放的长久企盼，以"天亮"代称旧时代的结束和新时代的到来。接着向前推进一步，从爱国着眼，而我们的祖国又随着党的政策的转变而更加强盛，使盼解放、庆解放、建设国家、国家强盛的五十年历程在短短二十几个字里得到完整而又有层次的充分表现。虽然以严格的眼光看"千家"对"五十"小有欠缺，但从大的结构看"千家业上"对"五十年前"则十分恰当。为内容表达的需要而局部有欠对仗或平仄，本来就是可以的，这正表现了对联的灵活性与生命力。

庆祝新中国成立50周年江苏省征联大赛一等奖

> 五十年两首歌，歌唱东方红，歌唱春天故事；
> 九万里千张画，画描西部绿，画描世纪新图。

方在华评：

"五十年两首歌，歌唱东方红，歌唱春天故事"的句子，多么生动形象。用人所共知的歌曲、故事来表现严肃而深刻的意义，一如行云流水，没有斧凿之痕。在文学作品中，这种生动形象的语言所含的内容，实在是枯燥抽象的陈述所远远不能相比的。

卢晓评：

是年既是新中国成立50周年，也是新世纪的开始，作者正是把握了这两个时间节点，用最具代表性的事件来为主题创作服务。50年来中国发生的大事要事太多了，作者巧妙地选取"两首歌"，一首歌唱毛泽东带领全国人民推翻"三座大山"获得了彻底解放，一首歌唱邓小平南方谈话开启我国改革开放的新征程。下联承接上联，从"九万里千张画"中选取了两个具有代表性的画面：西部绿和世纪新图。这两张画或许最能引起大家及评委的共鸣，获奖自在不言中。

中国楹联学会"99国庆礼赞沱牌杯"征联大赛三等奖

> 寿庆五旬，山河捧酒千杯绿；
> 政施两制，港澳升旗一脉红。

出句：酒沁沱源，泽润五洲四海，洒向人间都是爱；

对句：山崇岱岳，巍峨万嶂千峰，屹于世上永扬威。

当代老年杂志社"四庆杯"征联大赛三等奖

我为一位老人，喜甘临苦去，小康乐晚年，你敬他尊，愈活愈知幸福；

国值五旬华诞，欣港返澳归，大统开新纪，欧惊美讶，越来越变富强。

"单父杯"庆祝新中国成立50周年征联大赛三等奖

宇震寰惊，一龙跨纪；

港归澳返，双凤朝阳。

"爱心杯"山东省单县第九届春联大赛三等奖

已达小康，又奔新纪；

曾经大浪，更上层楼。

河南书友文化传播有限公司"书友杯"春联大赛三等奖

宇宙为书，日月星辰千古字；

松梅乃友，江河山岳万年情。

上海市"将军杯·双迎双庆"春联大赛优秀奖

大典中华壮；

小康世纪新。

安徽省合肥市第三届精神文明建设春联大赛优秀奖

虹飞五里三环上；
春在千门万户中。

　　　　　　　　　　　　　　　　　　　　我的获奖诗联选

2000年全国对联大赛获奖作品选

山东省济宁市交警"金盾杯"征联大赛二等奖

　　眼底玉衢通有序；

　　心头金盾亮无瑕。

湖北省黄梅县"反腐倡廉"征联大赛三等奖

　　看长清落魄，克杰丧魂，问台上贪官：半夜可曾惊出汗？

　　凭裕禄为模，繁森作范，倡域中廉政，亿民当会喜从心！

安徽省合肥市第四届精神文明建设春联大赛三等奖

　　处处有真情，情系纵横三万里；

　　家家弘美德，德承上下五千年。

安徽庐阳春联大赛三等奖

　　守疆爱着浑身绿；

　　报国常怀一寸丹。

河南省"力强杯"春联大赛三等奖

　　玉宇旧年清，回归玉兔圆明月；
　　金瓯新纪固，翔翥金龙唱大风。

　　春天故事多，莺歌燕语《声声慢》；
　　盛纪新程壮，虎跃龙腾《步步高》。

2001年全国对联大赛获奖作品选

庆祝建党80周年"宁电杯"征联大赛二等奖

  北拱星明，东升日暖；
  南来风爽，西望春新。

庆祝建党80周年"黑龙杯"征联大赛二等奖

  一大启明，三中通富，八秩铸辉煌，百族诚心葵向日；
  双归合璧，两制联珠，十分趋美满，九州特色草含春。

庆祝建党80周年中国楹联学会征联大赛三等奖

  八面新观，处处宜人千幅画；
  十分爱唱：妈妈教我一支歌！

庆祝建党80周年"心连心杯"征联大赛二等奖

  故事犹传，传颂南湖升北斗；
  新航又起，起飞西部借东风。

庆祝建党80周年"梅花杯"征联大赛三等奖

八旬大颂，颂寿，颂功，颂恩，颂德；

十五宏图，图新，图美，图富，图强。

"江苏年鉴杯"征联大赛优秀奖

足下江苏，眼前画卷；

手中年鉴，心底史诗。

《偃师市教育志》首发式征联大赛优秀奖

流传育李栽桃事；

铭记升星托日人。

"北京饭店百年纪念大征联"优秀奖

大庆百春，景似花开情似火；

长安一店，友如云聚客如潮。

安徽庐阳春联大赛二等奖

奥运报佳音，已树丰碑，犹盼北京擎圣火；

神州兴特色，正奔盛纪，更朝西部振雄风。

2002年全国对联大赛获奖作品选

陕西省黄帝陵"桥山杯"征联大赛优秀奖刻挂联

题"南谷黄花"景点

柏知伴祖常呈翠；

花解同宗直姓黄。

安徽庐阳春联大赛一等奖

心贴北京知日近；

眼观西部感春浓。

安徽省合肥市第六届精神文明建设春联大赛三等奖

与日同行，日辉旗帜人添彩；

和春有约，春绘画图我配诗。

共青团中央"学讲话　颂党情　跟党走"春联大赛优秀奖

三讲意如春，青春彩焕蓝天下；

两思心向日，红日辉腾赤县中。

2003年全国对联大赛获奖作品选

湖北省"精彩中国"第24届春联大赛一等奖
安徽庐阳春联大赛二等奖

入伍哥哥，难忘乡里圆圆月；
持家嫂嫂，爱望天边闪闪星。

韦化彪评：

"乡里月圆"，象征"哥哥"曾在家乡和亲人团圆的日子。"天边星闪"，也许有一颗星就是"兵哥哥"。只写出一种现象，不完全道破，但读者可解其意，含蓄式写法，堪赏。

卢晓评：

两行句两个人，却写出了万般情感。哥哥忘不了"圆圆月"，嫂嫂爱看"闪闪星"。这可不是其一家的"圆圆月"和"闪闪星"，是全体兵哥哥、兵嫂嫂，乃至全国人民的共同愿望与期盼！

安徽省合肥市第七届精神文明建设春联大赛二等奖

　　高唱主旋，千副联吟三代表；

　　复兴群艺，七回韵绕两文明。

"安徽商旅学校杯"第五届春联大赛三等奖

　　精心培育商旅人才，勤归师表，利归社会；

　　乐意承担学资风险，爱满校园，誉满中华。

陕西省渭南市税收征联大赛优秀奖

　　千古恨苛捐，幸遇盛时，体察民生先引富；

　　八方忧暗漏，敢依严法，振兴国计更图强。

江苏省烟草"梦都杯"征联大赛优秀奖

　　梦系云程步步高，高品位，高质量，高档次；

　　都言业绩年年大，大竞争，大振兴，大繁荣。

2004年全国对联大赛获奖作品选

中华世纪坛出句征联玻璃对大赛二等奖

　　出句：甲申吉幸春来早；
　　对句：中土昌平月共圆。

湖北广播电台春联大赛一等奖

　　一幅小康图，画自东方，画延西部；
　　千年强国梦，圆于大地，圆到太空。

湖北广播电台春联大赛二等奖

　　退伍荣归，何叹军装将褪绿？
　　领头勇拓，当欣乡土更铺青！

安徽省合肥市第八届精神文明建设春联大赛佳作奖

　　一事最该知：崭新中国谁开创？
　　四时常可问：鼎盛今朝怎得来？

2005年全国对联大赛获奖作品选

湖南省益阳市政协纪念抗战胜利60周年征联大赛三等奖

军国梦皆空，无论他昔日侵华、今朝拜社；
环球歌正壮，更庆我小康通富、大统臻强。

山东省"绵都夏津杯"人口主题征联大赛三等奖

人口警钟，醒天醒地；
育人大计，利国利家。

湖北广播电台春联大赛三等奖

春描四海三江绿；
联写千门万户红。

2006年全国对联大赛获奖作品选

湖北省"精彩中国"第27届春联大赛一等奖

　　春伴和谐出；

　　富从改革来。

河南省天骧集团广告楹联大赛优秀奖

　　天时宜出马；

　　地利好腾骧。

　　　　　　　　　　　　　　　　　　　　　　　　我的获奖诗联选

2007年全国对联大赛获奖作品选

湖北省"精彩中国"第28届春联大赛一等奖
2009年浙江省嘉兴市"红船杯"廉政楹联大赛优秀奖

　　腐败法难容！看改革征程，不少贪官落马；

　　勤廉民最爱！愿和谐时代，更多公仆如牛。

"农行杯"陕西省宝鸡市和谐之春春联大赛优秀奖

　　画里新村诗里我；

　　谐中盛世福中人。

黄帝祠宇全球楹联大赛三等奖刻挂联

　　谁启文明？一祠记本；

　　何来强盛？百族思源。

陈自华自费征集贺寿联大赛三等奖

　　足量九域山和水；

　　眼摄千程画与诗。

2008年全国对联大赛获奖作品选

四川省都江堰市创建中国楹联文化市征联大赛三等奖

　　八条水绕作琴弦，齐弹盛世和谐曲；

　　三面峰撑开画架，好绘新城富裕图。

安徽省文联"推广新春联"活动百副精品联第一名

　　放眼京华，奥运牵情催奋发；

　　立身乡野，新春努力建和谐。

湖北省"精彩中国"第29届春联大赛二等奖

　　盛会展宏图，共奔富裕，共建和谐，南北东西，处处连声喝彩；

　　首都开奥运，皆感欢欣，皆怀希望，老中青少，人人立志争光。

2009年全国对联大赛获奖作品选

"王勃杯"纪念滕王阁重建开放20周年海内外征联大赛一等奖

登雅阁重温杰序，古韵洽今声，和谐两字、乃为秋水长天之注释；

趁明时再慰贤才，高怀抒远略，发展一词、正给宏图伟业以延伸。

韦化彪评：

"落霞与孤鹜齐飞，秋水共长天一色"以及"明时"，均出自王勃的《滕王阁序》。本联以《滕王阁序》文中二元素为基点拓展而开，赋予新时代的语言，可谓想象奇特，其意蕴深远，博古而厚今，更能博得青睐。

张家安评：

才气纵横，韵贯古今，大手笔。

《中国当代金奖对联赏析与创作》（南京出版社出版）赏析：

久负盛名的滕王阁始建于公元653年，距今已有1300多年的历史，其间迭废迭兴达28次之多，1926年终毁于兵燹。1989年10月8

日（农历"九九"重阳节），第29次重建的滕王阁竣工并对外开放。滕王阁素有"江南三大名楼之首""西江第一楼"之美誉，并因初唐才子王勃写下的不朽之作《滕王阁序》而名传千古，誉享万方。重建后的滕王阁是一座名实相符的高雅殿堂，其"瑰玮绝特"的建筑艺术风格和高层次的内部陈设，充分展示和体现了中华民族的文化精粹，同时也反映了豫章古代文明的特色。该联上比从登阁重温王勃《滕王阁序》而产生联想，下比从亲历当代明时尊重人才、复兴大业而产生对王勃的感叹。"秋水长天"突出了《滕王阁序》中名言警句，"高怀抒远略"突出了今人在延伸王勃志存高远、胸怀天下的远大抱负。全联顺畅大气。

陕西省宝鸡市庆祝中华人民共和国暨中国人民政协成立60周年海内外征联大赛特等奖（新声）

各抒儿女情，情怀是碧野蓝天、青山绿水；
同祝母亲寿，寿礼为小康大治、强盛和谐。

评委会评：

大手笔，高立意，切题小，蕴涵深；顶真续麻，情礼兼顾，当句自对，用词简约；上联以实喻虚，下联以虚拟实，虚实相生，使联语内涵丰富，摇曳多姿。开篇借喻，亲切通俗；继而暗喻，贴切自然；又用四组极具代表性的意象借代祖国60年的辉煌业绩和风雨历程，可谓以一当十，惜墨如金，给读者以放飞想象翅膀的无限空间。

韦化彪评：

把人民比作儿女、祖国比作母亲，倒也不是新鲜写法，但随后"情怀"和"寿礼"的诠释确为独创，令人耳目一新的写法！

北京市"强力杯"庆祝新中国成立60周年征联大赛一等奖

　　六秩如歌，已使和谐入曲；
　　九州织锦，再凭发展添花。

安徽省"无为杯"庆祝新中国成立60周年征联大赛一等奖

　　旗开大典，步迈小康，六秩里程新，国从站起臻腾起；
　　业构和谐，心催发展，千秋民族福，世满欢歌伴凯歌。

庆祝新中国成立60周年征联擂台大赛擂主奖

　　锦织中华，凭大典为经，小康为纬；
　　歌讴盛世，以和谐作曲，发展作词。

山西省"圣天越杯"庆祝新中国成立60周年征联大赛二等奖

　　六十年巨著同编，大典强音作序，小康富裕为题，辉煌妙品天
天出；
　　九万里长弦共拨，中华特色填词，盛世和谐谱曲，发展新歌处
处扬。

陕西省澄城县庆祝中华人民共和国成立60周年征联大赛三等奖

　　拨雾驱云，曾举五星点红日；
　　和山谐水，更歌九域展蓝天。

山西省太原市"铭戴杯"征联大赛二等奖

题父母合葬墓联

父母驻音容，音似清风容似月；

儿孙传品德，品同碧水德同山。

高中昌评：

父母二字，是每个人生命中永恒的主题，大到家国志向，小到儿女亲情，倾一世之辛劳，其言行举止，道德传承，无不留下深刻的印象，虽千言万语，终难道尽。安徽陈自如先生为父母合葬墓撰联，提纲挈领，撮其精要，凝练于"音容品德"四字。"看似寻常最奇崛"，一"驻"一"传"倾入千万情怀，特别是最能撩人情性的物象比拟："清风"比音，"明月"喻容，"碧水"题品，"高山"赋德。比兴之间，情更生焉，似此风骚之笔，自然灵妙动人，故能获奖！

重庆市"科学发展观"征联大赛二等奖

科学生远智，智求富裕，智构和谐，和谐富裕荣新景；

发展起宏图，图显辉煌，图添锦绣，锦绣辉煌壮大观。

重庆市"科学发展观"征联大赛三等奖

如何兴国？凭科学领先，偕文明蔚起；

怎样做人？以精神致富，促物质丰收。

河南省三门峡市"讲道德 论修养"楹联大赛三等奖（新声）

道德两字经书，天为封面，地为封底，经文如日月长光，社会和谐、科学发展，乃经之注释；

修养一篇论著，党记警言，政记警词，论点共江山永壮，鼎新革故、反腐倡廉，给论以延伸。

广东华美教育征联大赛三等奖

桃李勤培，十度春秋华且实；

栋梁广树，八方天地美而新。

"如意情缘"楹联邀请大赛三等奖

曲有知音者；

爱盈如意湖。

"商行杯"廉政楹联大赛三等奖

两袖清风，清心，清目；

一身正气，正己，正人。

第二届杨家"楹联村杯"诗联大赛优秀奖

六秩欣圆强国梦；

一村喜绘上河图。

"魅力水城"辽宁省铁岭市新城区楹联大赛优秀奖

新城区靓丽，新事业和谐，新岁月天天新气象；

大铁岭腾飞，大征程振奋，大家园处处大文章。

"田心杯"广东省广州市从化区田心农家乐楹联大赛优秀奖

菜经自手栽，食之更美；

田在人心种，耕者常欢。

"兴农扶贫杯"征联大赛优秀奖

> 治山开路，治水开源，于盛世放歌，凯歌永伴和谐曲；
> 与日争光，与春争彩，为新村添色，特色长描发展图。

"国构杯"包公风骨廉政文化征联大赛优秀奖

> 造福一方，常思大任肩头重；
> 播廉千里，永仰青天眼界明。

辽宁省朝阳市创建省级文明市海内外楹联大赛优秀奖

赠"雷锋奖章"获得者张志学

有怀崇尚志；

无怨学雷锋。

湖南省涟源市一中"国师杯"征联大赛优秀奖

> 文写佳篇勤是笔；
> 峰登绝顶勇为梯。

安徽电视台《第一时间》"迎牛年·赛春联"十佳联

> 一首和谐曲，任春风领唱；
> 四时发展图，邀旭日同描。

安徽省合肥市第13届精神文明建设迎春征联大赛三等奖

> 才除两大灾，又庆双新喜；
> 已创卅年富，尤歌六秩春。

2010年全国对联大赛获奖作品选

"运河名城杯"海内外征联大赛一等奖

题临清三和纺织集团有限公司

三山五岳，捧来日月作新梭，织临清锦；

和地谐天，纺出虹霞当彩线，添世界花。

注：该联由齐鲁书画研究院副院长、山东省楹联艺术家协会主席高宝庆书写发表于中国诗词楹联出版社出版的《古道联风》。

蔡从成评：

此联别出心裁，可谓既出新又大胆，借"日月"作梭，"虹霞"为线，产出世界上最璀璨的花和锦，其意象和意境让人眼前一亮，叹为神人之作。

韦化彪评：

从整体来看，写法想象大胆而新奇，尤其是上下联中间两句。上联"捧来日月作新梭"借意于歌曲《金梭银梭》，把日月比作梭，是为了契合纺织集团的特点。织的是什么锦呢？是临清的锦，此句为了切地名，同时，也是为照应第二分句。下联的"和地谐天"有借于时代的文化语言"和谐"二字组句，也可以认为该集团的景象。"纺出虹霞当彩线"想象亦佳，也切合纺织集团的特点。"添世界花"是说该集团的产品给世界带来的美好。上下联开头鹤顶格嵌"三""和"二字。为了嵌字，上下联首句采用了当句对，这也是特点。

广东省法治格言楹联大赛一等奖
2013年罗麦杯"防传销 促和谐"中华泰山楹联书画大赛一等奖

　　千古准绳三尺法；
　　一方明镜九州天。

　　注：该联由时任广东省人大常委会主任欧广源书写发表于广东省依法治省领导小组、广东华人书法院主编，羊城晚报出版社2011年出版的《一方明镜》。
　　韦化彪评：
　　上联说千古以来"法"都是准绳。有了法作准绳也才有了下联九州的天像明镜一样。上下联前后采用照应手法，"法"照应"准绳"，"天"照应"明镜"。当然，"准绳""明镜"本身也是比喻。

广东省法治格言楹联大赛二等奖

　　千古祝长安，长安出在民安上；
　　九州期大治，大治来于法治中。

广东省法治格言楹联大赛优秀奖

　　眼中无法，眼外无天，无法无天天也塌；
　　心底有民，心头有国，有民有国国尤兴。

法似警钟常醒耳；

律如明镜更昭心。

安徽省金寨县烈士陵园"忠魂亭"征联最高奖刻挂联

先烈勇捐躯，既存功绩犹存意志；

后人常仰德，不见姓名更见精神。

蔡从成评：

短短26个字，反映了革命先烈为了今天的幸福而勇于捐躯，其功绩和精神永存。勉励了后人应永世赓续先烈们的意志，学习先烈们不留英名、为人民利益而无私奉献的高贵品质。

蟠桃文化景区普贤殿联征联大赛一等奖刻挂联

普度千秋，天下频除艰险；

慈航万里，人间共仰圣贤。

徐州茱萸寺征联大赛一等奖刻挂联

药师殿

居大洞名山，犹念人间病痛；

藉茱萸妙药，更添世上安康。

徐州茱萸寺征联大赛一等奖刻挂联

天王殿

纵然天外天高，但总有天良无可越；

即使王中王大，也须知王法不容欺。

徐州茱萸寺征联大赛一等奖刻挂联

钟鼓楼

山水通佛性禅心，一片灵光昭圣境；

鼓钟伴风吟雨咏，四时雅韵洽和声。

"对联中国"年度最佳作品奖

竞技于棋，也竞品于人，唯求棋品共高、人品共高，不以输赢定成败；

联朋在谊，犹联情在趣，但愿谊情相洽、趣情相洽，更凭修养致和谐。

"金火净水杯"楹联大赛一等奖

净水最无私，任古人繁衍、今世生存、后代旺兴，皆承哺育；

资源诚有限，愿乡野惜珍、城郊节约、国家保护，更要坚持。

安徽省"地税杯"征联大赛二等奖

地植高梧，江淮引凤；

税添巨翼，华夏翔鹏。

山西省六大建筑征联大赛二等奖

2013年山东省沂南县"竹泉村杯"春联大赛大戏台联二等奖

山西大剧院联

曲弹汾水韵，韵溢和谐，新歌遍地；

剧演晋阳情，情关发展，好戏连台。

评委会赵望进、马长泰、梁石评：

写出了大剧院的独特情韵。联语中"与时俱进"地写入了"和谐"与"发展"的时代主题词。由于作者巧妙地将其融入了"韵"和"情"之中，所以让人感受不出其政治化的生硬和牵强，反而更增加了联语的强烈时代气息。

陕西省韩城市"泰山地产杯"楹联诗词大赛二等奖

胜地起群楼，任风韵入诗，景光入画；

韩城兴大业，邀泰山抒志，澽水抒情。

庆祝中国人民政协成立六十周年楹联大赛二等奖

同商大政，共促小康，六旬日月悬肝胆；

永播清风，常扬和气，万里江山起画图。

河北省政协成立六十周年楹联大赛优秀奖

政治协商，协商政治；

中华民主，民主中华。

"天下第一牡丹 和谐魅力古县"征联大赛一等奖

一品花开，才赏一枝心已醉；

三番节到，再吟三合韵尤香。

浙江省象山县西周镇竹·笋节"竹·笋扬廉"征联大赛二等奖

任他陡谷悬崖，只要有根，便能破土而扬锐气；

持我虚怀亮节，皆因无欲，尤可参天以播清风。

注：发表于2012年10月号总第164期《中华诗词》。

浙江省象山县西周镇竹·笋节"竹·笋扬廉"征联大赛三等奖

解体成丝，唯愿人间编锦绣；

通心作笛，更期世上奏和谐。

注：发表于2012年10月号总第164期《中华诗词》。

江西省南昌市"反腐倡廉"征联大赛三等奖

权在手，钱在手，执政忌伸三只手；

法归心，纪归心，与民宜结一条心。

耻自腐来，腐自贪来，贪物贪财贪色；

荣因廉起，廉因正起，正风正气正心。

"国土杯"北京市延庆区第八届春联大赛三等奖

开天，补天，飞天，六秩春天永驻；

分地，包地，护地，九州福地皆兴。

山西省新绛县"特色育人杯"征联大赛三等奖

扬楹联帜，一校育才昭特色；

诵弟子规，八方歌德壮和声。

"五五"普法对联大赛三等奖

政惠千家福；

法昭四海宁。

"何超颂"征联大赛三等奖

以真情温暖童心，助教助残，何妨舍己？
凭毅力支撑病体，兴乡兴业，总可超人！

吴三桂陈圆圆史迹陈列馆征联大赛三等奖

陈圆圆

生于乱世，成于一代佳人，长传舞美歌尤美；
归自思州，葬自千秋胜地，好让魂安梦也安。

陕西省汉中市西乡县"相约樱花"征联大赛三等奖

你赏樱花，我赏樱花，他赏樱花，人人爱赏新春靓；
家盈笑语，乡盈笑语，城盈笑语，处处连盈盛世欢。

"三湖杯"诗词联曲大赛三等奖

三湖猛牛农业机械制造有限公司联

常加马力！助人喷药施肥，皆夸时雨田间洒；
更胜牛威！凭我拉犁引耙，独领春风垄上行。

山西省平陆县"人口杯"诗联大赛三等奖

须兴国计；
当利民生。

"垓下杯"楹联街篇征联大赛优秀奖

题组织部

诚为瓦，正为砖，组建和谐大厦；
富作经，强作纬，织编锦绣中华。

河南省三门峡市"金融杯"楹联大赛优秀奖

添百业腾飞翼，促八方发展潮，不说金融功最大；
奠九州建设基，铺四海连通路，但期玉局面常新。

"北岳楹联杯"征联大赛优秀奖

欲扬学海远帆，真诚是舵；
须上书山高顶，勤奋为梯。

马路滩林业总场征联大赛优秀奖

万树留葱于漠境；
一滩延绿到天边。

八步沙林场成立30周年征联大赛优秀奖

伟绩最当歌！仰先辈治沙，以苦为甜，奉献何愁霜染鬓？
豪情诚可续！期后人兴业，驱贫致富，栽培更喜漠添春！

山东省东营市龙居紫椹采摘节征联大赛佳作奖

两岸风光辉映黄河，洽洽相谐，任将壮丽展呈出；
八方宾客品观紫椹，依依不舍，欲把香甜捎带回。

"海西富宝杯"征联大赛优秀奖

富强道路，走向辉煌，可歌卅载建功、五载尤添伟绩；
宝贵精神，来于奉献，当仰一人兴德、千人尽捧真情。

陕西省麟游县名胜景点征联大赛优秀奖

玉女潭景点联

放眼易遐思！想当年沐浴梳妆，散落胭脂，已染成两岸山盈红紫翠；

怡情常大悦！喜此际吟哦赋句，激扬韵律，更融入一潭水溢爽清新。

"天冠杯"征联大赛优秀奖

对句：海量气度量海中气度；
出句：天冠陶瓷冠天下陶瓷。

文学风网站征联大赛优秀奖

对句：世间谐雨谐风谐日谐月谐韵谐趣偕同着我；
出句：天下名山名水名湖名楼名人名文铭记于心。

"西安饮食杯"海内外征联大赛优秀奖

题老孙家饭庄

从丝绸路走来，凭小吃闻名，声名自可扬天下；
自饮食行兴起，由老孙调味，风味尤能冠世间。

"延强中医杯"海内外征联大赛优秀奖

延年益寿，以心为良药，爱作良方，天使无私行奉献；

强体健身，凭志战恶魔，力除恶疾，民生有幸保平安。

湖北省汉川市人民医院建院60周年征联大赛优秀奖

诚心作药，大爱为方，六旬常振医疗，天使时时行奉献；

妙手回春，热情播福，十杰更臻荣誉，汉川处处起讴歌。

纪念刘琨诞辰1739周年征联大赛优秀奖

壮志振当年！仰将军报国安民，起舞闻鸡常奋发；

豪情催此日！看无极图强致富，扬鞭跃马更腾飞。

"民声杯"海内外征联大赛优秀奖

有胆有为，诚作人民喉舌；

无私无畏，勇扬时代心声。

河南省三门峡市"扶残助残"征联大赛优秀奖

残月不圆犹闪耀；

黄河纵曲也奔腾。

辽宁省朝阳市"自强杯"征联大赛优秀奖

残月不圆，依然闪耀辉天地；

大江虽曲，总是奔流向海洋。

中国"孝·义"楹联大赛优秀奖

天仰地犹崇，孝心堪比吕梁伟；
古传今更续，义气可超汾水长。

辽宁省朝阳市"交通杯"海内外楹联大赛优秀奖

往昔出门，皆叹雨天双脚泥、晴日一身土；
如今赶集，更欣野外纵横道、村前来往车。

广西柳州市"税务杯"征联大赛优秀奖

帮千家以植梧，柳州引凤；
凭两税而添翼，华夏腾龙。

湖南省湘潭市"税收·发展·民生"征联大赛优秀奖

依法制，按规章，纳税以诚，征税以诚，诚心合构和谐世；
引商家，扶企业，兴财而盛，聚财而盛，盛意常持发展观。

"税务杯"征联大赛优秀奖

出句：取于民，用于民，民强国富春长在；
对句：征以法，交以法，法治人和福永延。

"弘扬中国工人阶级伟大品格"楹联大赛优秀奖

焊花，钢花，各伴光荣花绽；
工业，企业，同催发展业兴。

上海市看世博征联大赛优秀奖

不斟也醉心，世博情浓堪胜酒；

未咏尤谐句，人文韵雅自成诗。

"风清气正和谐玉溪"廉政杯楹联大赛优秀奖

妙曲奏和谐！宜将廉政新歌、勤政新歌，唱响征程三万里；

宏篇题发展！任把青天故事、春天故事，写长岁月百千秋。

浙江省宁波市"虎虎生威"春联大赛一等奖

瑞雪铺笺，红梅笔笔题新序；

和风出句，好雨声声对下联。

韦化彪评：
切"新春"，亦是以想象佳而取胜的佳对。

胶东在线春联大赛全联十佳（最高）奖

岁月难留，但能留笑语；

风光易变，却不变亲情。

枞阳电视台春联大赛一等奖
河南省济源市第二届春联大赛二等奖
2012年河北省"平安社会建设"春联大赛一等奖

百族和谐曲一支，任春风领唱；

九州发展图千幅，邀旭日同描。

"董郎家杯"春联大赛特等奖

九野风和，耕耘好任牛蹄奋；
千程气爽，跨越宜将虎翼添。

陕西省韩城市新春征联大赛一等奖

续回归喜，续奥运荣，同迎世博；
捧发展春，捧小康福，共祝中华。

安定安全，四字千秋生百福；
和谐和睦，一词万里播三春。

山水和谐意；
城乡靓丽容。

福建省福州市春联大赛一等奖

六秩才惊龙破壁；
九州又喜虎吟春。

浙西大峡谷春联大赛一等奖

城也迎春，乡也迎春，国也迎春，人人爱赏春之色；
富而谢党，强而谢党，和而谢党，代代难忘党的恩。

辽宁省鞍山市图书馆第四届春联大赛二等奖

竞创大和谐，已乘牛岁执牛耳；
促兴新发展，再趁虎年扬虎威。

辽宁省鞍山市图书馆第四届春联大赛三等奖

兴大业千行，以农为首；
奔小康万里，有党带头。

虎年春联大赛二等奖

四野牛耕乘好雨；
千山虎啸引春雷。

浙江省临海市春联大赛三等奖

莺声常与燕声洽；
虎气更将牛气超。

《闽西日报》第十届春联大赛三等奖

危机已作契机转；
虎气更将牛气超。

北京市顺义区"鲜花港杯"春联大赛三等奖

何必待春回？名城自有花千树；
尤当期福驻！盛世常斟酒一杯。

吉林省松原市"工商行杯"春联大赛三等奖

国庆六旬，已凭大治小康呈寿礼；
人添一岁，再伴和风谐雨唱春歌。

广西玉林市"颂祖国　赞和谐　贺新岁"春联大赛三等奖

　　百业扬歌谐伴曲；

　　九州织锦富添花。

"中恒杯"春联大赛三等奖

　　怎来日日如春？因有和谐常伴；

　　若得家家享福，须将发展更催。

"中国移动富民信息化杯"第四届春联大赛三等奖

　　大业已随牛气旺；

　　新程尤把虎威扬。

山西省平遥县中国年春联大赛优胜奖

　　文庙春联

　　谐雨和风，有声韵律；

　　青山绿水，无字文章。

河北省"科学发展惠基层"春联大赛优秀奖

　　发展壮征程，科技领先千里畅；

　　和谐舒岁月，文明致富四时欢。

山东省临沂市春联大赛优秀奖

　　大地任牛耕，科学举鞭牛奋发；

　　新程催虎跃，富强添翼虎腾飞。

上海市"西门杯"颂中华暨世博年春联大赛优秀奖

迎世博人人共乐；

振申城业业皆兴。

2011年全国对联大赛获奖作品选

中华诗词学会、中国楹联学会、野草诗社、湖北现代城建集团联合主办纪念辛亥革命100周年暨中国共产党成立90周年"现代杯"海内外诗词楹联书法大赛楹联一等奖

万里江山铺白纸，由"一大"命题，解放切题，改革点题，已写出小康新作；

九旬岁月拨长弦，凭"三中"转调，繁荣入调，和谐定调，又弹成盛世凯歌。

宋贞汉评：

巧用比喻的修辞手法，选用各个时期的语言，写出了九十年来不同阶段的伟大任务和辉煌成就，读来令人倍感自豪和振奋。连续几个动词的精准选用，极其精彩，既突出历史特征，也增强表达效果和艺术感染力，使人能够更加深入地理解主题和感同身受。

"永远跟党走"广西壮族自治区靖西市征联大赛一等奖

出句：南湖一叶舟，代代经纶手，九秩风华光禹甸；

对句：北阙五星帜，张张锦绣图，千秋事业灿尧天。

"永远跟党走"广西壮族自治区靖西市征联大赛二等奖

出句：诞庆九旬，接力引航，开来继往，科学运筹，和谐发展，国泰民安，山河溢彩，看东方腾起华夏龙，海内同歌，环球共仰；

对句：旗扬六秩，纵情拓道，革故鼎新，繁荣创建，富裕延伸，军强政善，港澳归宗，欣北斗点燃早晨日，世间遍暖，天宇皆明。

"仁达"杯第十届征联大赛一等奖

对句：帆借东风，舵依北斗，且歌前景如春景；

出句：潮飞西涧，月照南谯，但爱故乡是醉乡。

安徽省枞阳县旗山公园征联大赛最高奖

听潮唱大江汹，似重温昔日渡江号角；

看景辉新业盛，当更爱今朝兴业城乡。

安徽省枞阳网旗山公园征联大赛最高奖

山峙三峰，千古为谁当笔架？

江横一水，四时由我作琴弦！

注：发表于2012年10月号总第164期《中华诗词》。

"香源达杯"老河口首届乡村楹联大赛二等奖

花飘香，果飘香，草飘香，耕者踏香以去；

地染绿，天染绿，村染绿，游人捎绿而归。

"走进岛西昌化风情小镇"征联大赛二等奖（嵌"浪炳"）

　　出句：千帆破浪，神游四海迎风笑；
　　对句：万木争春，志壮千山炳日辉。

"十里刺梨沟"贵州省龙里县征联大赛二等奖

　　一沟同绿水青山纵接横连，荣生态，谐自然，十里刺梨千幅画；
　　四季有嘉宾贵客游来揽去，赏花香，尝果美，八方笑语万支歌。

"联巴"楹联大赛对句组联二等奖

　　出句：富民强国国强民富；
　　对句：谐世泰时时泰世谐。

　　出句：螃蟹横行，天谴人尤怨；
　　对句：鲲鹏直上，山崇海也歌。

　　对句：振领先之宏志、兴发展之潮流，盛时谐世追强美；
　　出句：改落后之弊端、革贫穷之命运，强国富民越盛唐。

"草庐对·大河文化南极行"大河报社征联大赛二等奖

　　出句：南极光，光南阳，阳坡结草庐，庐对神泉汲美酒；
　　对句：中原颂，颂中国，国土连天路，路通雪域走春风。

江西省莲花县纳税服务文学大赛楹联二等奖

　　税法明，税政廉，税风和，方兴税务；
　　民心顺，民情畅，民业促，最利民生。

江西省莲花县纳税服务文学大赛楹联三等奖

　　添百业腾飞翼，奠四时建设基，不言税务荣多大；
　　促八方发展潮，铺九域和谐路，但愿民生福永长。

安徽省蒙城县"供电杯"征联大赛二等奖

　　百业腾飞，凭电力增添动力；
　　四时服务，以热情奉献真情。

"中融杯"征联大赛二等奖

　　对句：无气无烟无味无声，低碳行行通低碳道；
　　出句：省钱省事省心省力，老年乐乐煞老年人。

广西体育节体育健身对联大赛三等奖

　　掀开岁月纵横浩荡新潮，漓江宜跃鲤；
　　沿着山河起伏绵延曲线，华夏任腾龙。

广东省阳江市阳西县沙扒镇诗联大赛楹联三等奖

　　一派风光，与蓝天大海交辉，总向自然铺画幅；
　　八方游客，于绿岛长滩共赏，都将生态赋诗篇。

　　写生态篇章，谋海碧天蓝，笔挥绿岛画如锦；
　　弹自然曲调，谐人和业盛，弦理青洲梦若歌。

"绿化长江·重庆行动"征联大赛三等奖

出句：千里峡江，滋荣亿万生灵，广大民心，化成座座青山护映；

对句：一从行动，改善诸多气象，木林春色，染出方方绿野和谐。

注："一从"即丛，"木林"即森，下联隐含两个字："丛森"。

山东省烟台市"安全生产杯"征联大赛三等奖

欲求生命长延岁；
须懂安全大比天。

纪念曾国藩诞辰200周年海内外征联大赛三等奖

文创湘乡派；
武臻义勇侯。

浙江省玉环市"中国漩门湾"征联大赛三等奖

农展馆联
情关耕地捕鱼，千年发展资多览；
志励富农强国，一馆辉煌集大成。

中国"南岳东城"牌坊征联大赛三等奖

写文化景观篇，南岳纵毫篇似锦；
唱旅游经贸戏，东城开幕戏连台。

广东省海丰县云台禅寺征联大赛三等奖刻挂联

舍利塔联

舍己方为真悟道；

利人始是大修行。

浙江省宁波市奉化区雪窦山"大慈佛国"征联获奖刻挂联

重显颂古百则碑廊联

一寺弘慈如启善；

百碑颂古即教今。

"枫叶之乡"诗词联赋大赛获奖刻挂联

题关门山生态园

何必关门？有生态绿园，四季春光关不住；

只须赏景！对自然红叶，一山秋色赏无妨。

注：发表于2012年10月号总第164期《中华诗词》。

"天冠杯"征联大赛佳作奖

对句：海量气度量海中气度；

出句：天冠陶瓷冠天下陶瓷。

首届张谷英历史文化名村征联大赛优秀奖

依"山"环"水"，村洽自然，古时体现新时代；

若"井"似"丰"，屋涵文化，小地名扬大地球。

"三农杯"河南省三门峡市楹联大赛优秀奖

漫步乡村,看蜗舍变高楼,羊肠成大道;
怡情山野,听鸟歌讴盛世,蛙鼓奏丰年。

山西省新绛县水利水保局"兴水杯"征联大赛优秀奖

水如母乳,母乳最无私,任哺古哺今,哺天哺地;
利是资源,资源诚有限,愿护渠护坝,护海护江。

"宏腾杯"禁毒诗联大赛优胜奖

行世何难?倘能常葆清心,纵难也易;
做人岂易?如未远离毒品,再易都难。

安徽省芜湖市"清风杯"征联大赛优秀奖

题弋江区"以人为本、执政为民"
造福一方,不言从政功多大;
播和千里,但愿亲民意最真。

武汉城市名片"汉街"征联大赛优秀奖

楚水楚山,楚境自然天地洽;
汉风汉韵,汉街文化古今扬。

越王楼楹联大赛优秀奖

王气昔曾舒,一楼已使绵州壮;
好风今又越,万象尤开盛世新。

中国杭帮菜博物馆楹联大赛优秀奖

　　出句：春夏秋冬远近听听看看；
　　对句：东南西北纵横品品尝尝。

江苏省南京市纪念辛亥革命100周年海内外大征联优秀奖

　　首义总当歌！惊回思激烈狂飙，已扫帝王摧帝制；
　　先驱皆可慰！喜展望和谐大业，尤兴民主惠民生。

上海市庆祝中国共产党成立90周年征联大赛优秀奖

　　九旬庆寿，仰绩歌功，民富邦强皆可贺；
　　百族抒怀，捧心祝愿，党廉政善更当期。

"国际玉城杯"海内外征联大赛优秀奖

　　求真当以玉为鉴；
　　问善可凭佛作师。

广西体育节体育健身对联大赛优秀奖

　　桂林多故事，最壮美千篇，乃属春天故事；
　　漓水亮新歌，尤和谐一曲，当为盛世新歌。

山东省烟台市"万德福杯"行业春联大赛一等奖

　　科学酿春，四季春从心上出；
　　蓬莱生福，万家福在德中延。

韦化彪评：

春联比赛，"科学酿春"最为切合。其实这个"春"字，并不一定是指真正的春天，也可以指美好的生活，于是便有"四季春从心上出"。下联"蓬莱生福"的蓬莱是为了切合烟台的地名蓬莱。"生福"是为了切合"万德福杯"的"福"。"万家福在德中延"，是说万家的幸福都从我们美好的品德中延伸。上下联采用虚实结合的手法，切地切春亦切福，还弘扬了正能量，故能得大奖。

枞阳网春联大赛一等奖
《株洲晚报》春联大赛二等奖

> 虎步才添翼；
> 兔毫又点睛。

重庆市"新春联进千家万户"春联大赛一等奖

> 看如此景如此春，人皆悦目；
> 说这些年这些事，谁不扬眉？

招商银行"金葵花杯"春联大赛特等奖

> 家中福比山河大；
> 门外春同岁月长。

招商银行"金葵花杯"春联大赛二等奖

> 欲量量春有多长？三江作尺犹嫌短；
> 须磅磅富存好重？五岳当砣也觉轻。

陕西省兴平市第六届春联大赛一等奖

改革春连发展春，春由党播；
平安福伴和谐福，福任民收。

安徽文达学院春联大赛一等奖

文运既随家运，又随国运；
达观常顺微观，更顺宏观。

安徽文达学院春联大赛二等奖

只要文心一点；
就能达理十分。

杭州电视台春联大赛一等奖

科学如梭，编织三春新锦绣；
振兴是鼓，激扬百业大腾飞。

首届"心连心杯"春联大赛一等奖

科学为梭，任织三春千幅锦；
和谐作曲，宜弹九域一张琴。

《潇湘晨报》春联大赛十优春联（最高奖）

虎步生风，已臻新境界；
兔毫蘸日，再写大文章。

云南省大理市贺新春春联大赛精品春联（最高奖）

　　虎步纵豪情，已至和谐新境界；
　　兔毫濡特色，再题发展大文章。

山西省太原环保迎春征联大赛一等奖

　　自然保护生春，春向太原铺锦绣；
　　环境和谐驻福，福从华夏建安康。

山西省太原环保迎春征联大赛三等奖

　　高科造福福常在；
　　低碳兴春春永延。

"太原国际"春联大赛二等奖

题移动通信公司联
思乡心易动，快打个长途，问安二老；
爱国志难移，多编条短信，祝福三春。

评委会赵望进、马长泰、梁石评：
　　题中国移动的春联，将思乡与爱国之情写得颇为动人。这副春联遣词准确，对仗工整。除了突出一个"情"字外，全联妥帖自然，足见功力！

韦化彪评：
　　"移动"两字嵌入浑然不觉，见其手段。内容有情有义有责，通信公司特点鲜明。前两个分句两处反对法应对亦很讲究。

"太原国际"春联大赛优秀奖

事业火红，红透虎年，红开兔岁；

家园春绿，绿盈汾水，绿到太行。

山西省安泽县春联大赛二等奖

繁荣千幅画，科学画千张，已把城乡描绿；

发展一支歌，和谐歌一首，尤将岁月唱红。

陕西省眉县"古太杯"春联大赛二等奖

华夏千行，各似金龙腾宇内；

嫦娥二号，相邀玉兔返人间。

河北省春联大赛二等奖

南北东西，两岸一天呈玉兔；

春秋冬夏，九州四季鬻金龙。

湖北电台春联大赛二等奖

瑞雪化时，喜迓春天，天上一轮圆玉兔；

祥云飘处，欢腾盛世，世间九域鬻金龙。

河南省春联大赛二等奖

一路迎春，兔承虎跃；

八方兆瑞，雪伴梅开。

江苏省淮安市"先河杯"春联大赛二等奖

　　不必迎春，岁月和谐春不去；
　　常当纳福，家邦发展福常来。

江苏省淮安市"先河杯"春联大赛三等奖

　　循科学观，兔奔后步高前步；
　　顺自然律，燕唱新歌续老歌。

"盛世传媒杯"春联大赛二等奖

　　弱无忧，老无忧，社会忧愁频减少；
　　贫有保，医有保，民生保障更增多。

"客天下杯"第二届中华梅州楹联大赛春联三等奖

　　任春题画；
　　由福配诗。

"心连心杯"首届春联大赛三等奖

　　瑞雪铺笺，任新春作序；
　　和风谱曲，邀盛世扬歌。

"电力杯"浙江平安春联大赛三等奖

　　平安岁月如歌，和谐已入歌中曲；
　　富丽城乡织锦，发展尤添锦上花。

广西贵港市委宣传部春联大赛铜奖

春有来头源改革；
富无止步向和谐。

一路由春铺锦绣；
四时向福建家园。

春到九州开画展；
福由百姓入歌讴。

"送法制春联　造法治环境"春联大赛优秀奖

政通国盛千家福；
法治人和九域春。

河北省第26届春联大赛优秀奖

福在千门颠倒贴；
春朝九域纵横铺。

福驻千家，平安福伴和谐福；
春盈九域，改革春连发展春。

科学呈祥，国业兴如春后笋；
和谐播福，民生乐比水中鱼。

广东省广州市"浪奇特约·第二届地铁春联大赛"优秀奖

　　虎步续春风，一路腾飞迎兔岁；

　　羊城兴地铁，四时发展振龙人。

中央电视台春节晚会征联大赛优秀对句奖

　　对句：百千万支歌赞，百行千业万家福；

　　出句：五十六朵花开，五色十光六合春。

2012年全国对联大赛获奖作品选

夏同龢状元第牌坊征联大赛一等奖刻挂联

同仰高才，才因报国才尤贵；

龢臻盛景，景以宜人景自优。

注：本联由中国书画研究院常务副院长高炳山先生书写，在夏同龢状元文化产业园景区西大门入口处刻挂。

宋贞汉评：

盛赞状元"高才"之"贵"和文化景区"盛景"之"优"，立意饱满，简洁不繁，立论高端。"才""景"的反复出现，使主题凸显。

山东省潍坊市"天同·宜江南杯"喜迎十八大征联大赛一等奖

蛟龙探海，神九上天，中华总把文明领；

大富起航，小康跃马，盛会尤将号角催。

山东省潍坊市"天同·宜江南杯"喜迎十八大征联大赛优秀奖

才庆九旬，又迎盛会；
已兴百业，更展宏图。

江西省南昌市"情颂党恩迎盛会　心连国运展宏猷"征联大赛三等奖

繁荣千幅画，富裕画千张，画绘中华昭特色；
发展一支歌，和谐歌一曲，歌讴盛会壮丰功。

湖北省喜迎十八大争创新业绩征联大赛三等奖

太空对接，举国舒情，情舒：发展、腾飞、跨越；
盛会召开，全民献礼，礼献：繁荣、富裕、和谐。

河北省成安县喜迎十八大诗联大赛三等奖

太空对接，深海探巡，发展展辉煌，喜讯八方迎盛会；
大治续延，小康增进，和谐谐幸福，欢歌万里振中华。

甘肃省泾川县"国税杯"征联大赛一等奖
2013年湖北省嘉鱼县国税局税收宣传诗联大赛一等奖

地利以心祈，天平以意为，心正意无偏，纳征合谱和谐曲；
税源帮国汇，财路帮民拓，国强民有富，取用同持发展观。

"中原清风杯"廉政楹联大赛一等奖
2014年浙江省温岭市"廉洁太平"征联大赛二等奖

镰自廉来，镰共坚锤昭党性；
政由正起，政凭善策得民心。

韦化彪评：

"镰、锤"是党旗象征。全联谐音格，"镰""政"复现是其特点。

北京市通州区"廉政文化主题公园"楹联大赛二等奖刻挂联

遥观大运河流，灌野载船，皆爱活源来活水；

近揽公园境地，倚松伴竹，更崇清气播清风。

广东省雷州市首届"清官文化"对联大赛三等奖

廉政兼勤政，堪为善政；

心碑共口碑，最是丰碑。

"栖霞清风杯"廉政诗联大赛优秀奖

执政批文，当以清风作笔；

领薪签字，可凭明月为章。

广西资源县两水苗族乡浔源风雨桥征联大赛一等奖

两水如弦，任你对歌弹妙曲；

一潭似境，宜人照面理新妆。

泸溪景点诗词楹联大赛二等奖

题沅江风光带

两岸风光，映辉沅水清波，洽洽相谐，任将画意展呈出；

八方宾客，观赏白沙胜地，依依不舍，欲把诗情捎带回。

"淞晨杯"第三届日照绿茶节征文大赛楹联二等奖

自古已兴茶，勤伴茶农，诚伴茶商，日照名茶、名出北方，
百代深情天下寄；

如今尤重品，香臻品味，优臻品质，淞晨誉品、誉扬中国，
一壶绿色世间亲。

"凯盛家纺"杯楹联大赛第四名（二等奖）

弹成万首凯歌，高讴盛世千家福；
纺出千丝霞彩，巧织明时万象春。

"北京金融街建设二十周年"楹联大赛二等奖

廿载金融旺；
一街玉局新。

"天津科大杯"大学生格言联大赛二等奖

灯下攻书，心扉出日；
风中踏雪，脚印生春。

姚祥评：

这是一副格言联。格言联因兼具格言的鞭策性、教育性与哲理性，
常以言简义丰著称。这副联仅用16字，就将大学生应该持有的学习和
人生态度形象化地展现。"灯"和"日"、"雪"和"春"两组意象，各
自充满内在的反差张力，跨越两者鸿沟的，正是完全取决于己的"攻"
与"踏"的态度。

山东省寿光市弘扬中国工人阶级伟大品格楹联大赛二等奖

心花每伴钢花放；

汗水频催铁水流。

山东省"人口和谐发展"楹联大赛优秀奖

国策无私，计生本为民生想；

民心有爱，生计当从国计谋。

"一泓"题赠联大赛三等奖

一泓泉澈映圆月；

万里春新催健牛。

《天马诗刊》冬之卷擂台征联大赛三等奖

咏西部粮油土产经销公司（嵌"新牧"）

乘借东风，借科技以催畜牧腾飞，常自新程添虎翼；

振兴西部，兴购销而促粮油发展，更凭大业领龙头。

《天马诗刊》春之卷擂台征联大赛优秀奖

心装西部葡萄，品呈甘肃之优，八方莫比；

志振中国农业，人立武威以壮，一柱高擎。

注：本联新声。嵌"莫高""国柱"。

湖北省广水市首届"地税杯"海内外诗联大赛三等奖

　　为民征税，为国聚财，深知大任肩头重；
　　与友不偏，与亲无袒，永伴清风眼界明。

江苏省常州市"平安建设宣传用语对联"大赛三等奖

　　平安永记；
　　幸福常随。

　　欲求幸福犹如海；
　　须懂平安正是源。

陕西省西安市灞桥区白鹿原楹联大赛三等奖

　　蓝天日下，胜地宜游，胜境宜歌，城景犹和乡景洽；
　　白鹿原中，樱花任赏，樱桃任摘，农民更共市民欢。

"金叶杯"山西省平陆县征联大赛三等奖

　　自艰难中奋起，以科技兴烟，烟优叶美金光耀；
　　朝发展上追求，凭富强振业，业盛民丰玉局开。

"延水情深杯"楹联大赛三等奖

　　举文化新旗，引路导航，双百方针昭北斗；
　　歌人民大业，写山描水，万千气象壮中华。

河南省开封市新华书店楹联大赛三等奖

页页图书，展开希望帆和翼；

行行文字，连起未来路与桥。

陕西省韩城市司马迁祠楹联全球征集大赛优秀奖

谋利由人，一新理论资人富；

记真于史，千古精神续史长。

"笠翁杯"南京老城南门东地区征联大赛优秀奖

剪子巷

日月千秋耀；

江山一剪裁。

山西省运城市"国土杯"征联大赛优秀奖

解放以开天，回归以补天，神舟发射又飞天，谁教盛世春天
永驻？

承包而熟地，集约而肥地，红线拉牵尤保地，我愿中华福地
长兴！

"维新杯·潇湘楹联第一镇"对联大赛优秀奖（新声）

景点点开一镇绿；

楹联联起万门红。

河北省临漳县邺城公园征联大赛优秀奖

三曹园石牌坊

一湖水漾三曹韵；
千古风传七子情。

四海文章传七子；
千秋风骨仰三曹。

纪念白居易诞辰1240周年"乐天杯"海内外诗联大赛优秀奖

合为时为事而吟，才震大唐，情溢大唐，一生趣与元刘洽；
起忧国忧民以著，胸怀中土，誉传中土，千古名和李杜齐。

注："元刘"系指元稹和刘禹锡，皆是白居易唱和之诗友。

湖南省保靖县岳阳小学征联大赛优秀奖

出句：岳州城、洞庭郡，水秀山清，一脉文运通天地！
对句：阳春日、华夏苗，桃秾李茂，四方人才树栋梁。

"天河明珠幸福松原"楹联大赛优秀奖

廿年巨著同编，看富裕诗、繁荣画，把松嫩平原题绿；
百业新歌各谱，听和谐曲、发展词，将城乡盛世唱红。

"永不分梨杯"诗联书画大赛楹联优秀奖

科学酿春，春醉邯郸山与水；
文明播福，福盈燕赵地和天。

湖北省浠水县白莲河斗方山风景区旅游宣传楹联大赛优秀奖

自然千幅画，生态画千张，画绘白莲河，画绘斗方山，画把家园描绿；

发展一支歌，和谐歌一曲，歌讴新崛起，歌讴长跨越，歌将岁月唱红。

安徽省黟县"关注民生　共建和谐"主题楹联大赛优秀奖

财惠民生，政惠民生，清廉财政民生福；
城关国业，乡关国业，富裕城乡国业昌。

"平房小学杯"征联大赛优秀奖

有感于日本妄想侵占钓鱼岛
掠窃梦皆空，看他昔日侵华、今朝购岛；
护维歌更壮，喜我军民携手、党政并肩。

苏州捐献纪念园征联大赛优秀奖

大爱最当歌，欣抱善怀，已在生前抒志愿；
真情诚可仰，乐捐遗体，更从死后铸精神。

湖南省资兴市"黄草杯"征联大赛优秀奖

黄赤吐霞，青绿生春，一湖碧水辉新彩；
草花含露，李桃拥日，遍地和风唱好歌。

福建省晋江市一中60周年校庆海内外征联大赛优秀奖

晋江水涌若情倾，滋桃润李；

石鼓山昂如志立，托日升星。

"中华楹联颂浏阳"第五届春联大赛一等奖

湖南省浏阳市行政中心大楼门联

从政倡廉，存心清比浏阳水；

引民奔富，立志高于石柱峰。

韦化彪评：

自古以来，讲到修行，就有"心清似水"的说法，所以上联讲到从政倡廉时，有"存心清比浏阳水"的写法。下联写带领人民致富的志向，因为志向高，所以拉石柱峰来作衬托。"石柱峰"对"浏阳水"为匠心的见证。因给行政中心大楼写对联，所以"高"和"石柱"的运用也是别有用心的。

"中华楹联颂浏阳"第五届春联大赛二等奖

湖南省浏阳市荷花街道办事处门联

街道亲民，情同浏水；

阳光办事，品比荷花。

"中华楹联颂浏阳"第五届春联大赛三等奖

门上一张颠倒福；

世间千里纵横春。

广东省广州增城市扶贫开发春联大赛一等奖

　　村村开发乡村，村村靓丽；

　　业业扶持农业，业业腾飞。

湖北省广水市"鸿盛建材杯"第八届春联大赛一等奖
重庆市新春联大赛三等奖

　　改革如何？发展如何？家家以富为回答；

　　繁荣至美！和谐至美！处处由春作证明。

重庆市合川区春联大赛一等奖
广东文化网春联大赛三等奖
2015年江西省武宁县春联大赛三等奖

　　给我亲和，二月春风三月雨；

　　引人奋进，七星光焰五星旗。

重庆市文联春联大赛一等奖

　　自然山水，生态田园，看我乡村这样；

　　大道洋楼，小车宽带，比他城市如何？

湖南省长沙市天心区图书馆春联大赛一等奖

　　青山走兔，绿水游鱼，自然胜境风光洽；

　　大富腾龙，小康跃马，文化新程号角催。

春节"德昌祥"楹联大赛最高奖

售药以优，制药以优，药业受人夸：百年扬德至昌盛。
迎春祈福，播春祈福，春风将我伴，四季捧情呈吉祥。

上海老西门第七届春联大赛二等奖
2013年陕西省韩城市春联大赛一等奖

解放扬歌，改革扬歌，发展扬歌，问歌是谁人领唱？
繁荣入画，富强入画，和谐入画，看画由我辈同描！

山西省太原市楹联家协会春联大赛最高奖

改革春连发展春，春荣百业；
平安福伴和谐福，福旺千家。

"龙运·赛邦"第二届朱朋春联征对赛一等奖

出句：龙韵飞扬，龙蕴安康龙运旺；
对句：福源浩荡，福圆梦想福缘长。

湖北省"精彩中国"第33届春联大赛二等奖

纬地经天，一方黑板有多大；
升星托日，三尺讲台无上高。

大连民俗文化节征联大赛二等奖
2013年吉林省春联大赛二等奖

瑞雪铺笺，任春天签到；
新雷打鼓，邀盛世放歌。

安徽省宣城市首届"建行杯"春联大赛二等奖

> 百业腾飞，谁添巨翼？
> 四时建设，我奠宏基！

吉林省长春市老年大学贺新春诗联大赛二等奖

> 对句：福天福地福心爽；
> 出句：春日春城春色妍。

评委会评：

此联对句为上联，意图明确，主题突出。长春市为全国首批文明城市之一。在文明城市考核调查时，有一项重要内容是街道居民的居住生活环境幸福感指数，此项考核长春市居民幸福感指数列全国文明城市之首。此对珠联璧合地反映了这一政绩，堪称巧对。

安徽省合肥市第16届迎春征联大赛三等奖
2013年广西靖西市迎春征联大赛二等奖

> 步步总生春！看改革回春，发展延春，八皖齐臻春境界；
> 心心皆纳福！祝平安驻福，和谐溢福，九州共建福家园。

江苏省连云港市"中国人寿保险杯"春联大赛三等奖

> 兔毫才写福；
> 龙裔又吟春。

"和谐满龙城"山西省太原市春联大赛三等奖

> 两岸一天，兆瑞兆和圆玉兔；
> 九州百族，奔强奔盛矞金龙。

河北电视台"信奉草堂杯"春联大赛三等奖

　　堂前福共世间福；

　　门外春连天下春。

枞阳网"财富杯"春联大赛三等奖

　　冰融枞水鱼嬉绿；

　　花放浮山鸟唱红。

　　兔颖描春，已绘枞川红紫翠；

　　龙章写福，再题华夏富强和。

河北省"平安社会建设"春联大赛三等奖

　　平安安驻福；

　　发展展开春。

　　发展绘千图，令人振奋；

　　和谐歌一曲：祝你平安！

四川省宜宾市翠屏区全国春联大赛三等奖

　　长写富民篇，辞兔岁尤挥兔颖；

　　大弹强国曲，趁龙年更唱龙歌。

水利的春天"黄科杯"春联大赛三等奖

　　兔巡绿野千重锦；

　　龙守黄河万里春。

河南省三门峡市"中天杯"春联大赛优秀奖

人寿保险公司春联（新声）

开春兆瑞，有瑞添福，任人福比山河大；

保险排忧，无忧益寿，延你寿同岁月长。

晋城银行"写春联赢大奖"春联大赛优秀奖

玉兔回归，高天出日；

金龙翔翥，大地行春。

"之江杯"龙腾萧然法制春联大赛优秀奖

人和世盛千行旺；

法治邦安四海春。

"鸿盛建材杯"暨湖北省广水市第八届春联大赛优秀奖

人羞待兔；

国喜腾龙。

山西省高平市"创新未来"杯春联大赛优秀奖

家园富裕腰包鼓；

文化繁荣眼界新。

陕西省兴平市第七届春联大赛优秀奖

绿是家园红是业；

春随岁月福随人。

广东文化网春联大赛优秀奖（新声）

兔坐神舟八号返；

龙携世界万方行。

福建省云霄县邮政龙年春联大赛优秀奖

邮达万家欣，达情达意；

政通千业旺，通富通和。

2013年全国对联大赛获奖作品选

上海老西门第八届春联大赛一等奖

　　眼底春光，怀中赤日；
　　足前富道，头上青天。

上海老西门第八届春联大赛优秀奖

　　承包种富，富才结果；
　　发展催春，春又开花。

　　龙去留威，激我爱华兴业人，龙睛快点；
　　蛇来寄语，诫他购岛扩疆者，蛇足慢添！

重庆市"宣传十八大　春联进万家"大赛一等奖

　　春满中华，廉风常引和风起；
　　福添盛世，喜气尤随正气扬。

重庆市"宣传十八大　春联进万家"大赛二等奖

旭日擎升中国梦；

春风伴唱小康歌。

南华大学"爱心传四海　春联送万家"大赛特等奖

续写大文章，笔走龙蛇春作墨；

连弹新曲调，琴谐莺燕福为弦。

陕西省韩城市新春征联大赛一等奖

卅三年巨著集辉煌，春为封面；

十八大新篇题锦绣，福是序言。

注："卅三年"系指改革开放三十三年。

山西省长子县委台湾工作办公室春联大赛一等奖

奔富奔强，皆喜龙腾九域；

兆和兆瑞，更欣蛇舞三春。

复兴推发展，富溢千行，经济腾飞鹏奋翼；

合作促和谐，春融九域，城乡喜乐燕扬歌。

安徽省供销社"学习十八大书写新供销"对联大赛一等奖

复兴推发展，服务城乡，供销旺比三春笋；

合作促和谐，拓开市场，经济荣于二月花。

供销捧热情，服务城乡，振兴总把繁荣促；

合作添生意，升腾经济，改革尤将发展推。

山西省太原市"廉政春联进万家"大赛二等奖

春满龙城，廉风常引和风起；

福添蛇岁，喜气尤随正气扬。

山西省太原市"廉政春联进万家"大赛优秀奖

惠民以爱如春暖；

从政凭心共水清。

"中华楹联颂浏阳"第六届春联大赛二等奖

笔走龙蛇，书张福字山河大；

琴谐莺燕，唱首春歌岁月长。

"中华楹联颂浏阳"第六届春联大赛优秀奖

浏水弹弦，逗撩莺燕连声唱；

围山擂鼓，激发龙蛇接力腾。

广东省江门市新会区"新宝堂陈皮杯"春联大赛二等奖

岁序更新，奋进小龙腾宝地；

春风送暖，归来紫燕闹华堂。

吉林省通化市"海恩达杯"春联大赛二等奖

党树廉风，民沐春风，廉风又引春风起；

家呈和气，国盈正气，和气尤随正气扬。

湖北省"精彩中国"第34届春联大赛二等奖

题移动公司

移水移山，平生爱国难移志；

动情动感，佳节思乡易动心。

山东省滨州市"春联擂台赛"二等奖

龙蛇接力奔新富；

莺燕连声唱靓春。

广西平南县"春满龚州"春联大赛二等奖

卅三年特色高擎，奔富裕和谐，百业齐臻春境界；

十八大宏图远展，促繁荣昌盛，九州共建福家园。

广西平南县"春满龚州"春联大赛三等奖

接力新程，党领民臻春境界；

燃情盛世，民跟党建福家邦。

广东省中山市"中山第一联"征集大赛入围（二等）奖

承博爱以修身，正气盈怀，中华道德中山播；

展宏图而振志，春风得意，盛会精神盛世扬。

"人保寿险杯"枞阳网春联大赛一等奖

新春莺燕连声唱；

盛世龙蛇接力腾。

"人保寿险杯"枞阳网春联大赛二等奖

旧岁旺连新岁旺；
小龙飞逐大龙飞。

笔走龙蛇，宜绘浮山枞水美；
琴谐莺燕，任弹徽韵皖风清。

"人保寿险杯"枞阳网春联大赛三等奖

怡情新燕舞；
接力小龙腾。

龙睛当可点；
蛇足莫须添。

春雨春风，春光似画；
生机生态，生活如诗。

瑞雪铺宣，龙蛇走笔连书福；
和风起调，莺燕登台领唱春。

风经雨历，纵胜者人生，也该有险；
冬去春来，因投之寿保，总是无忧。

首轮第四届中华梅州"客天下杯"楹联大赛三等奖

创新宜把龙睛点；
务实忌将蛇足添。

刘太品评：

此联为切合时政的生肖春联，富有哲理，催人奋进。

湖北省广水市第九届"地税杯"春联大赛三等奖

喜潜海，喜登天，已然喜气多多，党开盛会喜加喜；

春满疆，春溢野，又是春潮浩浩，国启新航春接春。

河北省唐山市第二届春联大赛三等奖

笔走龙蛇，快向中华书喜报；

琴谐莺燕，好邀世界唱春风。

四川省宜宾市翠屏区第四届春联大赛三等奖

小康入笔，大美点题，谁绘翠屏千幅画？

绿水弹琴，青山擂鼓，我讴盛世万支歌！

重庆市合川区春联大赛三等奖

与福同行，福随生活人延寿；

和春有约，春绘画图我配诗。

吉林省长春市图书馆"共绘蓝图齐奔小康"春联大赛三等奖

瑞雪漫天飘，山山水水银蛇舞；

春风随地到，镇镇村村玉燕归。

"美丽天津"春联大赛优秀奖

党启新航，春潮连渤海；

民奔富道，喜气满津门。

陕西省兴平市第八届迎春征联大赛优秀奖

接力又从春起步；
抒怀更让福归心。

安徽电视台《快乐无敌大 pk》节目春联大赛优秀奖

龙腾送福来，福在千门颠倒挂；
蛇舞迎春至，春朝万里纵横铺。

河南省济源市"城乡一体化杯"春联大赛优秀奖

喜一片和谐，常溢春风，常盈福气；
看千般美丽，也归城市，也在乡村。

"工行杯"第二届徽州古城楹联大赛优秀奖

从黛瓦粉墙起笔，笔走龙蛇，大写徽风徽气象；
伴小桥流水调弦，弦弹岁月，长歌皖韵皖精神。

广西春联征集大赛优秀奖

前人栽树，后人感荫凉，株株树播前人德；
后辈递茶，前辈知温暖，盏盏茶涵后辈情。

吉林省"白城市最美春联"奖

打铁还需自身硬；
秉公更靠我心清。

甘肃省平凉市"锦祥楼杯"春联大赛优秀奖

对梅而赏，梅开五福多，福自心扉出；

朝雪以行，雪兆三春早，春沿脚印来。

广东省汕头市濠江区赤隆第11届春联大赛优秀奖

出句：新岁谱新篇，百族同圆中国梦；

对句：特区兴特色，万家齐唱小康歌。

"大定名陶杯"江苏省泰州市春联大赛优秀奖

出句：龙蛇接力春风起；

对句：莺燕飞歌喜气扬。

"德孝文化·孝亲敬老"楹联大赛特等奖

慈爱无边，源于母乳；

孝心有址，住在儿怀。

张永光评：

此联用语精炼工整，形象切题。上有爱，下必孝，常怀寸草念，永记三春晖。亲情浓郁，入眼入心。质文兼备，堪称佳构！

"2013对联中国"年度最佳作品奖

敬老孝亲有感

哺以恩深，教以恩深，深感可歌尤可敬；

爱而意切，孝而意切，切知宜早不宜迟。

韦化彪评：

顶真格，论说式写法，意思上结句较前面内容有明显的递进。以观点取胜。

山东省青岛市敬老孝亲楹联大赛优秀奖

> 已蒙慈爱我当幸；
>
> 未尽孝心人必惭。

江苏省南京市溧水区"法制警句楹联"征集大赛一等奖

> 永据准绳，绳乃心中三尺法；
>
> 高悬明镜，镜为头上一方天。

河南省平顶山市"鹰城清风杯"廉政楹联大赛一等奖

> 正气为琴，宜奏和谐主旋律；
>
> 清风作笔，任题发展大文章。

河南省平顶山市"鹰城清风杯"廉政楹联大赛一等奖

> 日月若沾尘，也无亮点成高度；
>
> 江河须激浊，方有清波作主流。

韦化彪评：

这个赛事是廉政主题，这副对联之所以能够获得大奖，是因为象征手法运用精到。用日月蒙尘和江河激浊来象征我们的反腐倡廉。"清波"和"主流"的说法很精彩，上下联可看成反对法，亦是亮点。美中不足的是，上联后分句多少让人有些费解。

河南省平顶山市"鹰城清风杯"廉政楹联大赛二等奖

随近随遥，日皆沿地送温暖；
任圆任缺，月总对天昭洁廉。

贪得钱多，终只能换取一双手铐；
廉成水洁，始方可浇开万众心花。

上海市车墩镇"清风杯"廉政文化作品大赛一等奖

播福归民，福满眼前千里地；
扬清在政，清昭头上一方天。

湖北省武汉市新洲区第二届廉政楹联大赛二等奖

"科学"当为求是诀；
"清明"可作养廉方。

湖北省武汉市新洲区第二届廉政楹联大赛优秀奖

半钱私念千钧耻；
一寸公心万丈荣。

"咏廉政建设"对联大赛二等奖

如何防治贪婪病？可凭正气作方、清风作药；
怎样斩除腐败根？当以党规为剑、国法为锄。

"咏廉政建设"对联大赛优秀奖

清风作药堪医腐；
正气为膜自保鲜。

"清风沙门行"廉政楹联大赛三等奖

　　反腐兴廉，党规常聚正能量；
　　知荣鉴耻，国法更呈明准绳。

贵州省大方县奢香公园和谐广场征联大赛一等奖刻挂联

　　和谐广场和风亭子联
　　和风天地爽；
　　丽日古今明。

江苏省淮安市清河区"道文杯"普法楹联大赛二等奖

　　无矩无规，方圆怎出？
　　有章有法，荣耻能分。

江苏省淮安市清河区"道文杯"普法楹联大赛三等奖

　　"富"作经，"强"作纬，科学作梭，织出中华新锦绣；
　　"安"为瓦，"治"为砖，法规为匠，建成盛世大和谐。

新疆乌鲁木齐市"依法治市"法制对联大赛二等奖

　　法如北斗；
　　律是南针。

江苏省南京市溧水区"法制楹联"大赛优秀奖

　　法行天下，八方正气；
　　律治世间，四季清风。

第四届"当代杯"城市卫生间用联全球大赛三等奖

舒畅每从方便起；

健康常自卫生来。

国土资源报社征联大赛年度最佳警言佳句联三等奖

为民管土地，为国管资源，深知大任肩头重；

与友无偏心，与亲无袒意，永伴清风眼界明。

广东省纪念梁启超诞辰140周年全球征联大赛三等奖

扬名新会；

并誉有为。

"倡家庭文明 促社会和谐"诗联大赛三等奖

儿尽孝心，媳尽孝心，孙尽孝心，后辈尽心前辈赞；

你扬美德，他扬美德，我扬美德，前人扬德后人传。

"军山湖杯"新农村建设诗联大赛三等奖（尾联新声）

怡情绿水，悦目青山，新村傍水依山，人居美丽和谐里；

圆梦小康，壮怀大富，盛世延康溢富，业在腾飞发展中。

鱼嬉碧水，鸟唱青山，悦目赏心，美酒未斟心已醉；

马跃小康，龙腾大富，抒情追梦，新村重振梦将圆。

文化如毫，任铺开盛世新村，绘描美丽；

科学是鼓，宜擂响中华大业，歌唱富强。

"青铜杯"海内外诗联大赛三等奖

> 随日月长燃，把青铜冶出中华文化；
> 共山湖大醉，将劲酒酿成世界品牌。

全国咏酒对联创作大赛三等奖

元青花
> 老白酒香飘，曾饮誉宫廷、帝王屡醉；
> 元青花美溢，更扬名赊店、民众皆珍。

"魅力六陈"诗联大赛优秀奖

> 肉桂之乡，花木园林春四季；
> 名人之地，诗联文化韵千秋。

弘扬"三门峡精神"楹联大赛优秀奖

> 函谷风，崤山月，大河潮，凝成八字精神，励人以奋；
> 文明景，美丽花，强盛道，汇作三门梦想，促业而兴。

> 注：本联已由三门峡博物馆收藏。

"菜博会杯"山东省寿光市楹联大赛优秀奖

> 蔬菜种千园，喜承农圣常兴业；
> 宾朋来四海，欣赏寿光遍驻春。

湖南省郴州市煤炭行业"郴安杯"海内外征联大赛优秀奖

> 煤呈能量高如日；
> 矿置安全大比天。

湖南省郴州市第二中学70周年校庆征联大赛优秀奖

扬七秩教风、学风、校风，而作春风，茂李秾桃，福地芬芳荣锦绣；

集三湘灵气、秀气、正气，以呈喜气，升星托日，高天辽阔壮辉煌。

"魅力电白"楹联大赛优秀奖

三番活动，引群民拓路纵情，创新致富；
七大港湾，催电白扬帆追梦，趋盛臻强。

华夏第一长廊楹联大赛优秀奖

文明肇始，丝路通连，九曲奔流常跃鲤；
风景铺排，长廊展现，一山崛起又盘龙。

陕西省户县人民网重金征联大赛优秀奖

评论观闻，起互动平台，一网系千家万户人民百事；
抑扬褒贬，促同兴赤县，四时关万代千秋社会八方。

"泉甲天下·济南名泉"楹联大赛优秀奖

圣水长滋圣地；
贤风永沐贤人。

"金百杯"大征联优秀奖

经营特色昭，情洽金都，一业兴隆诸业振；
发展宏图壮，力开玉局，卅年崛起百年延。

纪念毛泽东诞辰120周年征联大赛优秀奖

代代当知：崭新中国谁开创？
人人可问：鼎盛明时怎得来？

龙泉山蚩尤文化园景区征联大赛优秀奖

三教仰丰功，万顷杜鹃呈始祖；
一泉溢雅韵，千年文化洽中华。

弘扬东坡文化重建黄州承天寺临皋亭征联优秀奖

鼓楼
六根守净之，观光悦目；
一惯为非者，闻鼓惊心。

鼓楼
是谁把九天霹雳拿来，作为圣境鼓声响？
由我将千载风光借得，妆点明时山色新。

山门殿
山水依门，胜地高天双壮阔；
古今悟道，人情佛性一和谐。

山门殿
山耸千秋，领悟人生境界；
门通四路，导归佛学精神。

方丈楼

方向无偏，心底直通佛性；

丈量不尽，足前长起禅缘。

承天寺牌坊

终可通天，但须凭勇作梯，凭勤作路；

若将成佛，更要以仁为意，以善为心。

2014年全国对联大赛获奖作品选

上海市"华飞杯"征联大赛一等奖

皇廷花园酒店耀华楼

耀日辉霞，德显才昭兴事业；

华天福地，情真梦好乐人生。

吴进文评：

此联首先映入眼帘的是冠顶格"耀华"二字。这两个字本身颇具吉祥之意，但要对好，却不容易，作者独辟蹊径，选取"耀日辉霞""华天福地"两个短语，运用句内自对的手法，较好地解决了嵌字难的问题，使嵌字不露痕迹，自然而然。同时这两个短语又和皇庭花园酒店地理环境相吻合，从而为主办方所喜爱。两个后分句之所以令人称道，是因为把事业和人生提升到了一个新高度。德显才昭兴事业，情真梦好乐人生，既适用于酒店，又适用于每一个个体；既有祝福的成分，又有肯定的意味，谁读了都感到受用。这副楹联能在众多征联中脱颖而出，被评为一等奖也就在情理之中了。

"清风杯"微博廉政短语楹联大赛一等奖

公心一寸荣千丈；

私念三钱耻万钧。

韦化彪评：

贪得的钱财，三钱的分量应看作万钧重的耻辱。对比式写法，形式
与见地均佳。

南京青奥会中国冠军嵌名联大赛一等奖

题男子10米气步枪射击冠军"杨浩然"嵌名联

浩气扬于静气中，步枪如是；

十环夺在五环下，手法自然。

评委会评：

作者深得撰联之道，"十环""五环"取材精准，"手法自然"。"是"
"然"借对成工。

"树清廉家风·建美丽家庭"廉联大赛二等奖

夫前常勉勤廉正；

枕畔休吹腐败贪。

"树清廉家风·建美丽家庭"廉联大赛三等奖

也有枕边风，风吹清洁；

常当贤内助，助效勤廉。

常劝己，常劝夫，要向正中求，莫沾腐气行于世；

不收钱，不收礼，争当贤内助，尤让清风驻在家。

湖北省通城县地方税务局首届"天岳杯"征联大赛三等奖

帮民致富，促国图强，须自地方兴地利；
收税无偏，聚财不怠，欲擎天岳作天平。

《党建》杂志"把诗联写在党旗上"诗联大赛三等奖

秉诚心、怀善心、展壮心、心系家邦梦；
明大德、守公德、严私德，德扬价值观。

《党建》杂志"把诗联写在党旗上"诗联大赛优秀奖

心启光明，昔自南湖擎北斗；
梦催强盛，今教外域仰中华。

山东省威海市《甲午战争120周年诗联选》诗联大赛三等奖

忆当年拼命驱倭，血盈黄海，呈赤胆捧丹心，先烈挺胸完大节；
看此际倾情报国，气壮泰山，慰忠魂圆好梦，后人续志展宏图。

江苏省淮安市西顺河镇"牌坊门联"征联大赛优秀奖

夕阳西下，旭日东升，湖色清新河色亮；
大富扬歌，小康圆梦，鱼香洋溢稻香飘。

纪念人民代表大会制度实施60周年征联大赛优秀奖

六秩得真知：帮民做主，不及由民是主；
千程抒远见：替国当家，就该以国为家。

"黄帝神农杯"诗联大赛优秀奖

> 谁启文明？人到鹿原怀始祖；
> 何来强盛？我歌龙裔振中华。

"中国梦·达浏情"诗联大赛优秀奖

> 侧耳犹闻：浏阳河淌一支歌，唱响中华大地；
> 举眸更赏：达浏业追千古梦，奔朝盛世新程。

天津市"把楹联写在党旗上"征联大赛优秀奖

> 一怀共梦家和国；
> 十指连心党与民。

"中国梦赶考行·建设美丽幸福承德"征联大赛优秀奖

> 进京起领思潮，从解放构思，从开放构思，几代凭才犹以德；
> 赶考连呈答案，对振兴作答，对复兴作答，九州圆梦更扬歌。

重庆市鼎山街道社区群众文化活动节征联大赛优秀奖

题东门社区联

> 东方日出，眼前展文化繁荣景；
> 北斗星辉，梦里开未来幸福门。

"政通环保杯·金都颂"楹联大赛优秀奖

> 持价值观兴信誉金都，信念信心信仰，黄金不换；
> 筑家邦梦崛和谐海岸，和天和地和人，碧海常歌！

北京市弘扬社会主义核心价值观征联大赛优秀奖（新声）

　　既顺微观，也顺宏观，价值观聚正能量；
　　已承古梦，更承今梦，华夏梦昭新目标。

河南省开封市禹王台区"清风杯"廉政征联大赛优秀奖

　　意共春风频送暖；
　　心崇瑞雪不沾尘。

毛泽东敬览馆纪念毛泽东诞辰120周年征联大赛优秀奖

　　五卷启明，伟略雄才昭日月；
　　千秋播福，真情美德润山河。

福建省首届"艺文清韵"反腐倡廉征联大赛优秀奖

　　立党兴邦当颂润之，诗咏梅花，志比梅坚，敢披寒雪将春报；
　　惠民从政可思茂叔，文题莲蕊，心崇莲洁，不染污泥出水开。

安徽电视台《第一时间》"迎马年·赛春联"十佳联
大庆油田"红联迎春"春联大赛三等奖

　　福溢莺歌里；
　　春生马足前。

第三届"新春送文化"中国检察官文联春联大赛一等奖

　　胸中法聚正能量；
　　足下春铺新里程。

第三届"新春送文化"中国检察官文联春联大赛二等奖

　　检察心装三尺法；
　　勤廉意播四时春。

"长城职校杯"太行日报社春联大赛一等奖

　　出句：跃马扬鞭，马不停蹄，千军万马，壮志以酬中国梦；
　　对句：腾龙破壁，龙当昂首，百族群龙，豪情而唱大风歌。

云南省宜良县"共筑中国梦"春联大赛一等奖

　　手捧春光，怀装旭日；
　　梦圆盛世，情暖中华。

《新晚报》小年送福春联大赛一等奖

　　时雨一犁牛奋轭；
　　春风万里马加鞭。

山西省长子县委台湾工作办公室春联大赛一等奖

　　两岸融情心溢福；
　　九州追梦步生春。

　　一峡大波涛，已消冰冻；
　　三中新号角，又引春雷。

　　马跃加鞭，两岸同追中国梦；
　　龙腾破壁，八方共唱大风歌。

"板桥创意天承杯"北京市顺义区第15届春联大赛二等奖

帘卷燕归，让四镇三区喜悦千门，迎春挂福；
旗开马到，任两河一港昌隆百业，追梦扬歌。

"板桥创意天承杯"北京市顺义区第15届春联大赛优秀奖

这吟紫燕，那唱黄鹂，情洽早春歌动；
才耆小龙，又驰快马，心催中国梦圆。

我伴春风过板桥，耳悦莺歌，情怡燕咏；
人邀旭日观空港，心催马跃，梦寄龙腾。

常州农行新年对联征集大赛二等奖

爱农、支农、惠农，问农业腾飞，谁添巨翼？
富国、强国、兴国，看国家建设，我奠宏基！

安徽省供销社"全面深化改革……"对联大赛二等奖

合作捧真情，看服务城乡，热情更比春风暖；
复兴追远梦，愿腾飞经济，好梦皆同旭日圆。

中央电视台马年春联大赛百优（二等）奖

才走龙蛇，又腾龙马；
曾经风雨，更领风流。

林其广评：
别具一格！"曾经风雨，更领风流"可成经典！

辽宁省沈阳市迎新春楹联大赛二等奖

曲奏和谐，歌唱情怀，欲把地天当鼓捧；

画描美丽，诗题梦想，任将华夏作笺铺。

吉林省长春市图书馆"盛世圆梦　书海启航"春联大赛三等奖

把情操陶冶，启智添才，知识传递正能量；

朝梦想逐追，腾龙跃马，书本展铺新里程。

陕西省韩城市春联大赛三等奖

迎春乘马跃；

追梦接龙腾。

马年旺比蛇年旺；

家梦圆随国梦圆。

北京市"德耀石景山"春联大赛铜奖

永定水弹弦，长歌道德；

天台山举笔，大写文明。

湖南省资兴市第三届春联大赛优秀奖

放歌韵溢莺声里；

追梦心超马足前。

广西春联大赛优秀奖

才赏嫦娥奔月；
又乘骐骥追春。

河南省济源市"城市精神杯"春联大赛优秀奖

广拓济源，引出福源，一体城乡臻福境；
勤挥汗雨，迎来春雨，三中号角激春雷。

"骏马东风中国梦"春联大赛优秀奖

百千村燕剪莺梭，裁春织福；
九万里龙骧马步，追梦飞歌。

河北省张家口市宣化区"颂党恩……"春联大赛优秀奖

追梦以飞，小龙载起中华福；
纵情而跃，骏马驮来盛世春。

"聚龙小镇杯"福建省晋江市第一联征集大赛优秀奖

帘卷燕归，五店祥和千门喜悦；
旗开马到，九州崛起百业腾飞。

红豆集团新意春联大赛优秀奖

旭日如红豆，挂在长天，天也长怀中国梦；
春风似绿毫，挥于大地，地尤大展上河图。

第九届上海老西门春联大赛优秀奖

文明巧织西门锦；
道德新添上海花。

小龙舞雪载歌归，申城添瑞；
快马乘风追梦进，华夏迎春。

出句：普世尚文，弘扬国粹；
对句：全民崇德，凝聚人心。

注："崇德"寓意崇德路。

2015年全国对联大赛获奖作品选

安徽省芜湖市第三十届春联大赛一等奖

> 陈列山河，春开画展；
> 装帧岁月，福纂诗抄。

评委会（姚祥执笔）评：

这是2015年芜湖市全国春联大赛独占鳌头之作。并列词"装帧"对"陈列"、"岁月"对"山河"，别出心裁。"画展"与"诗抄"的妙对，别有诗情画意。"春"与"福"的拟人手法，别添生气。这副联豁人眼眸，可涤俗尘，修辞的妙用倒在其次，想象的瑰玮无人能及，这是独特社会氛围的独特情感表达。

广东省广州市守岁文化发展有限公司"守岁春联"大赛一等奖

> 围炉围出团圆，圆于国梦连家梦；
> 守岁守来幸福，福自人心到我心。

中央电视台春联大赛最佳春联奖（一等奖）

贵州省"弘扬我们的价值观"春联大赛银奖

　　燕剪巧裁红、紫、翠；

　　羊毫大写俭、勤、廉。

韦化彪评：

　　上联契合春天。春天燕子归来，所以有巧裁红紫翠的写法。春天是五颜六色的，以红紫翠来代指春天，此为借代手法。"羊毫大写俭、勤、廉"的"羊毫"也是借代手法，代指羊年。俭、勤、廉，既切合于时政，又切合于百姓人家。切合春天，切合羊年，切合中国的传统文化和当前的廉政建设，所以这个对联能够得到最佳奖。

中央电视台春联大赛百优春联奖

　　打虎拍蝇，已见风清气爽；

　　牧羊放马，尤歌地绿天蓝。

江苏省宜兴市"阳羡杯"迎新春茶文化征联大赛一等奖

　　出句：宜居宜业宜行，宜人春色好；

　　对句：兴善兴真兴美，兴福笑声多。

河北省保定市"文澜地产杯"春联大赛一等奖

山西省晋城市"践行社会主义核心价值观"春联大赛二等奖

大鹏所城迎新春楹联书法创作大赛楹联三等奖

　　铺中华福地以勾龙，谁举羊毫，将晴巧点？

　　乘盛世春风而蓄凤，我承马步，朝梦快追！

"万洋杯·德耀巩义"春联大赛一等奖

　　持价值观，境界常高，怀升旭日心升月；
　　逐家邦梦，征程更壮，势引春潮步引雷。

山西省晋城市"践行社会主义核心价值观"春联大赛一等奖
北京市昌平区"社会主义核心价值观"春联大赛二等奖
浙江省金华市"社会主义核心价值观"春联大赛二等奖

　　持价值观，观万象春，春溢晋城真、善、美；
　　筑文明梦，梦千秋福，福盈华夏富、强、和。

世界问候日"让爱回家"春联大赛一等奖

　　常记感恩，喜呈父母丹参片；
　　更知圆梦，勤播乡村绿野春，

第五届中青诗联网春联大赛最高奖

　　马步生风追远梦；
　　羊毫蘸彩写青春。

　　好梦壮征程，已催马步；
　　青春书锦绣，又奋羊毫。

"瑞动箱包SWISSMOBILITY"春联大赛最高奖

　　燕剪张开，裁瑞雪千畴，做春装一件；
　　羊毫舞动，蘸和风一缕，写福字千张。

重庆市长寿区传递核心价值观春联大赛一等奖

追梦纵情，且看民如奋蹄马；
铭功仰德，当歌党是领头羊。

安徽省供销社"改革促发展　共筑供销梦"对联大赛一等奖

回望供销，马腾喜气；
放歌服务，羊舞春风。

安徽卫视"万元春联大奖赛"金奖

马步纵情，踏绿徽山皖水；
羊毫蘸梦，写红福地春天。

福建省南靖县"紫荆花园杯"核心价值观征联大赛二等奖

放眸南靖春生色；
圆梦中华福溢心。

上海市春联大赛二等奖

追梦扬歌，马步踏开千里绿；
迎春纳福，羊毫写出万门红。

"乙未晋江第一联"征集大赛二等奖

出句：晋南晋北皆春水；
对句：城外城中尽惠风。

江苏省徐州市"绿健杯"春联大赛妙对二等奖

出句：雄踞九州故都故国龙飞地；

对句：欢歌万户新岁新春燕舞天。

永威置业羊年新春对联大赛三等奖

马步生风追远梦；

羊毫蘸彩绘新图。

中国检察官文联新春送文化春联大赛三等奖（新声）

勉励勤廉，马步不停追远梦；

检察贪贿，羊毫常秉记实情。

中国检察官文联新春送文化春联大赛优秀奖

眼中法比乾坤大；

心上春同岁月长。

贵州省"弘扬我们的价值观"春联大赛铜奖

观昭价值三层面；

梦绕中华一核心。

核心聚众心，心扬价值；

特色昭春色，色灿河山。

厦门鹭风报社、厦门农商银行春联大赛三等奖

春燕吟春，雨声洽共风声洽；

吉羊兆吉，家梦圆连国梦圆。

太龙药业春联大赛三等奖

> 口服双黄连口口皆夸：太龙造福；
>
> 心迎四海客心心共乐：紫燕闹春。

"4G 商城杯"春联大赛三等奖

> 几句箴言，励之龙族；
>
> 一怀彩梦，靓了凤台。

"美丽广西"乡村建设春联大赛三等奖

> 富裕基，和谐瓦，美丽砖，看喜气相随，乡村筑梦；
>
> 振兴笛，发展琴，腾飞鼓，听春风领唱，岁月扬歌。

河南省林州市新闻中心春联大赛三等奖

> 去报平安，马迎瑞雪驰千里；
>
> 来歌幸福，羊伴和风舞八方。

河南省林州市新闻中心春联大赛优秀奖

> 漫咏春联，两句有声红韵律；
>
> 遍观福景，一篇无字绿文章。

广东省东莞市"我们的价值观"征联大赛三等奖

> 核心聚众心，价值观扬真、善、美；
>
> 国梦连家梦，人民志振富、强、和。

重庆市长寿区"传递核心价值观"春联大赛三等奖

眼中法比乾坤大；
心上国同日月明。

一篇价值观，天写地书，词壮山河昭日月；
四季家邦梦，古追今逐，步催时代领潮流。

山西省阳泉市图书馆春联大赛三等奖

追梦在征程，勉人尤效昂头马；
报恩于社稷，愿我常思跪乳羊。

"枞阳人保寿险杯"春联大赛三等奖

为人当效奋蹄马；
报国常思跪乳羊。

"枞阳人保寿险杯"春联大赛优秀奖

与旭日同行，把情播撒；
和春风有约，让梦飞翔。

安徽电视台《第一时间》"迎羊年·赛春联"优秀奖（新声）

事业梦连华夏梦；
人生观顺价值观。

江西省武宁县春联大赛优秀奖

勉励勤廉，马步不停追远梦；
激扬奋发，羊毫常秉绘新图。

安徽省合肥市"践行核心价值观"第19届春联大赛佳作奖

　　一篇价值观，由春风伴读；
　　八皖家邦梦，与旭日同怀。

陕西省兴平市第10届春联大赛优秀奖

　　追梦催春，莫停马步；
　　点睛破壁，当奋羊毫。

"顺德心顺德情"广东省佛山市顺德区第三届春联大赛优秀奖

　　反腐治霾，无心不爽；
　　富家强国，有梦皆圆。

山西省晋城市践行社会主义核心价值观春联大赛优秀奖（新声）

　　怀价值观，心上一轮旭日；
　　逐华夏梦，足前万里春光。

山西省阳泉市委宣传部"践行核心价值观"春联大赛优秀奖

　　持价值观，观瞻华夏春生色；
　　筑文明梦，梦想阳泉福溢心。

吉林省长春市"同书价值观　共圆中国梦"春联大赛优秀奖

　　手捧春光，情燃旭日；
　　德昭碧水，梦壮蓝天。

贵州省铜仁市碧江区"弘扬核心价值观"春联大赛优秀奖

　　廉呈浩气雄风，蝇愁虎惧；

　　绿拥春天福地，马奋羊欢。

广东省佛山市"传递价值观"春联大赛优秀奖

　　公乃人生明镜；

　　正为社会准绳。

"北京科技创新产业功能区杯"春联大赛优秀奖

　　才奏马头琴，听空港放歌，心盈喜气；

　　又吹羊角号，踏板桥追梦，步领春风。

西樵山登山大道牌坊春联大赛优秀奖

　　南粤传欢，看壮丽天湖，狮王争霸；

　　西樵引誉，仰悠长理学，羊岁融春。

安徽省颍上县"幸福置业杯"楹联大赛优秀奖

　　世间幸福归心，心贴民心心自暖；

　　颍上腾飞入梦，梦连国梦梦尤甜。

"蔚蓝有礼"春联大赛优秀奖

　　马腾向梦追，蔚蓝天宇葱茏地；

　　羊舞将歌献，幸福家园喜悦人。

"蓝海酒店杯"河北省滦南县第19届春联大赛优秀奖

出句：捷报频传频报捷；

对句：春歌遍唱遍歌春。

重庆市秀山土家族苗族自治县悬句征对大赛最高奖

出句：尖山似笔，倒写蓝天一张纸；

对句：酉水如弦，横弹绿地四时琴。

"共城清风杯"廉政楹联大赛一等奖

玩于色道，贪于财道，贿于仕道，不堪回首摔于公道；

乐在舞厅，醉在酒厅，赌在牌厅，终要伤心哭在法厅。

广东省阳江市"守纪律 讲规矩 作表率"楹联大赛一等奖

把八规六禁刻于脑海间，自可无私廉似水；

将万众千家装在心田上，更当有爱暖如春。

姚祥评：

这副联平白如话，却没有平淡如水。原因在于紧扣主题，将"守纪律讲规矩"应该严明的"八规六禁""作表率"的为民服务宗旨，毫无保留地和盘托出，内容清楚，逻辑清晰。而第二分句起始的一对副词"自可""更当"，增添了各自比喻的分量。此联易记易传，利于廉洁文化宣扬。

广东省阳江市"守纪律 讲规矩 作表率"楹联大赛二等奖

贪贿岂能为？莫忘克杰丧魂、长清落魄；

勤廉尤可效！当仰繁森昭绩、裕禄垂功。

腐败岂能容？看古往今来：贪官终似过街鼠；

勤廉尤可效！听民呼国唤：公仆要当耕野牛。

广东省阳江市"守纪律 讲规矩 作表率"楹联大赛三等奖

行世做人，当崇绿竹常持节；

秉公从政，可效红莲不染泥。

执政为民，执法为民，包公品格常当效；

倡廉兴国，倡勤兴国，裕禄精神更可扬。

广东省阳江市"守纪律 讲规矩 作表率"楹联大赛优秀奖

锤自垂来，垂功垂在民心上；

镰由廉起，廉品廉存党性中。

湖南省湘潭市高新区廉政文化作品征集大赛楹联优秀奖

欲知政绩如何，当先知洁净清风能否守？

须问民情怎样，该反问肮脏腐气可曾除？

河南省首届法治楹联大赛优秀奖

跃马腾龙翥凤，奋朝国梦追，何作护航保驾？

灭蝇捕虎猎狐，深把民心得，法张地网天罗。

第四届"清江浦杯"清江浦开埠600周年诗词楹联大赛楹联二等奖

六百年开埠，清江长史集辉煌，春为封面；

万千众破题，古楚新篇书锦绣，福是序言。

贵州省都匀市南沙洲绿地公园征联大赛三等奖

一派景观，与剑水交辉，总向自然铺出画；
四时宾客，来沙洲共赏，常将此地说成诗。

甘肃省武威市纪念中国抗战胜利70周年诗联大赛三等奖

耳畔大刀歌尚壮；
心头中国梦将圆。

"唐代风情街杯"纪念抗战胜利70周年征联大赛优秀奖

侵华罪大，岂容篡改教科书，毁他罪证？
抗日功高，当要宣扬民族史，歌我功臣！

"抗战精神赋"诗赋词曲联大赛楹联佳作奖

忆当年拼命驱倭，血盈黑水白山，先烈铸功存意志；
看此际倾情报国，气壮南沙东海，后人追梦续精神。

梅州"客天下杯"纪念抗战胜利70周年诗联大赛优秀奖

忆数年苦战，斥日寇凶残，两党同仇，一愿共图强，但促家邦常筑梦；
奏七秩新歌，庆寰球胜利，万民应悦，双眸当拭亮，谨防军国又招魂。

"新华书店杯"纪念抗战胜利70周年诗联大赛优秀奖

参观侵华日军南京大屠杀遇难同胞纪念馆有感

数白骨痛人心，谁可容日寇滔天大罪？

慰忠魂圆国梦，我当放宁城动地长歌！

山西省新绛县纪念抗战胜利70周年征联大赛优秀奖

传唱大刀歌，激千家，励千秋，保持永久正能量；

续追中国梦，连一带，通一路，引领和平新浪潮。

吉林省纪念抗战胜利70周年诗联大赛优秀奖（新声）

痛心每见双七日；

圆梦尤期两百年。

广西南丹县纪念抗战胜利70周年征联大赛优秀奖

购岛，参神，可悲他恶念仍怀、邪心又现；

强邦，和世，当喜我宏图再绘、好梦尤圆。

安徽省首届君子文化征联大赛优秀奖

递饭端茶，后辈孝心前辈暖；

传耕启读，前人贤德后人荣。

广东省茂名市电白区红花村三月三年例征联大赛优胜奖

出句：源远流长，本厚根深，陇水滋花红奕代；

对句：峰高岭壮，天明日丽，秦风沐李绿盈寰。

大足石刻景区征联及景点命名大赛楹联优秀奖

游客服务中心：牌坊（五开间）

人仰佛而来，大足足连天下足；

佛随人以在，真情情洽世间情。

"共筑唐山梦·诗联颂党恩"诗联大赛优秀奖

祝寿扬歌，歌伟大犹歌正确；

铭功寄爱，爱英明更爱清廉。

易雄研究会第二届"孝文化杯"天下征联大赛优秀奖

孝自古传来，想古时守墓伴双亲，已至倾情，当教芝粟为其感化；

情从今续起，愿今日持家兴百业，尤须尽孝，莫让椿萱由此怆然。

黑龙江省第三届"珍爱生命远离毒品"征联大赛优秀奖

常续虎门腾烈火；

不教龙水染纤尘。

湖南省郴州市"崇尚科学抵制邪教共建和谐"征联大赛优秀奖

我不信邪心自正；

人能吃苦梦尤甜。

2016年全国对联大赛获奖作品选

湖南省耒阳市马阜岭公园征联大赛采用（最高）奖刻挂联

思圣阁联（杜甫）

心常忧国国皆仰；

语已惊人人更思。

吴进文评：

思圣阁的关联人物是杜甫。千百年来，杜甫留给世人的印象就是忧国忧民，其诗被称为诗史。本联选取杜甫心常忧国、语已惊人两方面人物特征，似板上钉钉，以"国皆仰""人更思"作结语，使对联主题得到升华。而"国"与"人"的重复运用，更是全联的亮点所在，增强了作品的艺术性和感染力。

湖南省长沙市首届"天心法韵"诗联大赛楹联一等奖

宪律翻开扬正气；

法槌落下响春雷。

吴进文评：

此联冠顶格嵌入了"宪法"二字，使征联主题无形中得到了巩固和强化。特别是下联"法槌"二字的运用，可谓是人人心中有，个个笔下无，有一"槌"定音之功效，增添了整副作品的厚重感，加上"春雷"二字，更是令人为之"心动"。"翻开""落下"两个动词的运用，使整副作品立马活了起来。

湖南省长沙市首届"天心法韵"诗联大赛楹联优秀奖

> 有心当有梦；
>
> 无法则无天。

安徽省桐城市大山茶场征联大赛一等奖

> 出句：上栋梁入新居兄弟忙前忙后；
>
> 对句：开筵席斟美酒亲朋论古论今。

"两岸一家亲"征联大赛一等奖

> 离乡人经历年年，任白发频加，难忘乡里一轮月；
>
> 守海者振兴业业，总真情不改，爱望海边千点帆。

> 评委会评：
>
> 常望丹轮，亲人翘首，千般感慨，游子思亲，述说骨肉分离之苦，切切感人至深。

河北科技大学校园新春诗联大赛一等奖

题河北科技大学新校区景观：放梦亭

> 守住心灵如水静；
>
> 放飞梦想比天高。

庆祝建党95周年暨纪念唐山大地震40周年咏凤凰涅槃精神第五届
"长虹文学奖"文学大赛楹联特等奖

庆祝中国共产党成立95周年有感于"进京赶考"

做怎样医贫、如何治弱试题，昔进京城来赶考；

交斯般致富、由此图强答案，今赢民众给加分。

韦化彪评：

医贫、致富，治弱、图强，这是一个大试题、大文章，昔日进京
赶考时需要做，今天带领人民奔小康仍然要做，而且今天赢得了民众
的广泛赞誉，所以结句有"昔进京城来赶考""今赢民众给加分"的说
法。全联切合历史，切合今天，切合我党的奋斗目标，以事实说话，
有厚度，亦有亮点。前两个分句是由动词引领的当句对。结句为了避
免和中间分句字数相同而加入了口语字"来""给"两字，读起来更加
顺畅。

北京市顺义区"颂95辉煌 唱时代新风"诗联大赛一等奖

曾扶大众翻身起；

又引中华逐梦飞。

"孟繁锦奖"联墨大展组联创作大赛二等奖

庆祝中国共产党成立95周年

来自南湖，执政凭心，常感清廉当若水；

行昭北斗，引民追梦，更知磊落可擎旗。

庆祝中国共产党成立95周年有感于"进京赶考"

怎可合民心？赶考已经见成绩；

如何圆国梦？破题还要下功夫。

纪念中国人民抗日战争胜利70周年

常憎日寇丧心恶；

更爱中华圆梦强。

中国人民抗日战争胜利70周年感题

耳畔大刀歌，今朝犹壮；

心头中国梦，明日更圆。

纪念中国人民抗日战争暨世界反法西斯战争胜利70周年

七旬纪念，四海歌功，可歌勇正赢邪恶；

百业腾飞，九州筑梦，当筑和平崛富强。

党建杂志社"把诗联写在党旗上"楹联大赛三等奖

手捧党章，心中日暖；

眼观国法，头上天明。

江苏省"庆祝中国共产党95华诞"征联大赛优秀奖

凝心总把锤镰举；

追梦尤将号角吹。

庆祝建党95周年暨长征胜利80周年楹联大赛优秀奖

革故何难？防腐何难？倾情又是何难？若论何难？须当忆昔长

征路；

创新不易！图强不易！圆梦尤为不易！能知不易！方可勉今盛世人。

幸福德州·家文化楹联大赛二等奖

側耳连听千户歌，歌溢和谐，歌飞乡里，歌飞市里；

纵情共筑百年梦，梦圆幸福，梦壮德州，梦壮神州。

广西贺州市信都镇"文武杯"征联大赛三等奖

出句：百业俱兴，诚信之都真善美；

对句：八方同庆，繁华其夏富强和。

"华都颐年园杯"老年服务中心征联大赛三等奖

解难排忧，手手伸来，众手组成千手佛；

怜贫恤老，心心记取，群心凝作一心人。

"书香遵义"贵州省遵义市楹联大赛三等奖

出句：妙对对妙对对妙；

对句：新题题新题题新。

山东省烟台市"福讯杯"安全文化楹联大赛三等奖

一篇发展大文章，安全是序；

万幅繁荣新画卷，生命为题。

第 17 届寿光国际蔬菜科技博览会楹联大赛优秀奖

一菜发春华，寿光常让春光驻；

三农邀国际，家梦都随国梦圆。

"大宇微联"天津市征对优秀奖

> 对句：山峦崇岱岳，崛峥巍峨出峻岭；
>
> 出句：河海润津沽，潆洄澎湃汇洪流。

南大附中120周年校庆海内外征联大赛优秀奖

> 讲台三尺，势比山高，百二年月洁日明，应是每从其上出；
>
> 教室一间，形同海阔，九万里龙腾蛟奋，莫非都自此中来？

湖北省荆州市"兴城杯"楹联大赛优秀奖

> 重景入新图，宏图描绘十三五；
>
> 五城扬特色，秀色展呈千万重。

津西建企30周年征文征联大赛优秀奖

> 繁荣墨，美丽毫，自迁西将画纸铺开，随春华秋实而皴，卅年画共心灵映；
>
> 发展锣，振兴鼓，从河北把歌台搭起，领铁浪钢流以唱，万里歌追梦想飞。

第四届中国棋文化楹联大赛优秀奖

> 心当如海纳，汇千流，竞千帆，海疆有界情无界；
>
> 步可效棋行，通一路，连一带，棋局非圆梦是圆。

"文汇璀璨法润无声"西樵山樵园公园法治联大赛优秀奖

> 文溯渊源连粤海；
>
> 法施好雨润樵山。

福建省霞浦县楹联学会成立20周年贺联大赛优秀奖

霞光遍地辉，灿烂入眸，文苑千秋荣古浦；

楹柱擎天起，恢宏筑梦，艺坛廿载壮佳联。

天津市"不忘初心　信念永恒"诗联辞赋大赛优秀奖

关注民情，当以初心连大众；

奋追国梦，可凭信念续长征。

"雁塔杯"纪念长征胜利80周年诗联大赛优秀奖

踏草地雪山赤水金沙，当年足下出诗篇，诗吟英勇，诗咏坚强，诗长两万五千里；

望新村靓市蓝天碧海，今日眼前铺画卷，画绘腾飞，画描崛起，画美东西南北方。

贵州省第二届原创春联大赛金奖
贵州省铜仁市"弘扬我们的价值观"春联大赛二等奖

一管羊毫，蘸日濡霞，铺天大写勤、廉、俭；

千钧猴棒，拨霾扫雾，立地高擎善、美、真。

邢伟川评：

作为春联，两起句用"羊毫""猴棒"紧扣年份；两结语气势恢宏，又贴切自然。上下联第二分句四个动词用得恰到好处。

安徽电视台《第一时间》"迎猴年·赛春联"十佳联

出句：笔生瑞气联生彩；

对句：家沐和风国沐春。

河南省新安县新春楹联大赛一等奖

> 羊驮瑞雪归，回眸旧岁十桩喜；
> 猴领和风出，迈步新安一路春。

中盐"红四方"春联大赛一等奖

> 赏春景，赞阳春，新岁抒情，情涌大江，江流八皖绿千里；
> 振化工，兴农化，中盐筑梦，梦如丽日，日出一轮红四方。

北京市怀柔区"文明润心创城惠民"百优春联（最高）奖

> 诚信靓怀柔，春风点赞；
> 文明昌祖国，喜气飞扬。

"幸福扬州迎新年"春联大赛一等奖

> 扫腐驱霾，当挥猴棒；
> 书春写福，莫搁羊毫。

广东省深圳市龙华新区"廉洁春联大赛"一等奖

> 富为纬，强是经，国凭美丽飞梭，织编盛世；
> 和作砖，正当瓦，党以清廉奠础，建筑明时。

广东省深圳市龙华新区"廉洁春联大赛"三等奖

> 裁开霞彩，喜剪窗花，张张巧剪勤、廉、俭；
> 蘸取春光，欣书门对，字字宏书正、直、公。

中央电视台"万福送万家"春联大赛百优（最高）奖

> 秉正扬廉，常以诚心美德；
> 辨邪察腐，更凭火眼金睛。

安徽省合肥市建设系统"迎新春过大年"春联大赛二等奖

> 羊驮瑞雪归，回首犹留千里喜；
> 猴领和风出，放眸更赏八方春。

安徽省合肥市创和公司春联大赛二等奖

> 创业转型，羊岁凯歌飞，快秉羊毫书锦绣；
> 和天谐地，猴年宏梦筑，高挥猴棒拓辉煌。

河北省邯郸市"联通天鸿杯"春联大赛第三名（二等奖）

> 佳节倍思亲，编短信，拨长途，幸有联通传意；
> 新年尤创业，展宏图，追好梦，喜凭门对抒怀。

广东省汕头市濠江区（赤隆）新春征联大赛三等奖

> 出句：改革创新，助推发展新常态；
> 对句：振兴利好，呈现腾飞好兆头。

广西灌阳县第28届春联大赛三等奖

> 出句：握手弃前嫌，两岸同圆中国梦；
> 对句：倾心求远识，九州共唱大风歌。

南方网"点赞新时代"春联大赛三等奖

十三五宏图，共春铺出；
亿万千好梦，随福播开。

安徽省合肥市第20届迎春征联大赛三等奖

三春蕊绽人心上；
百福根生国梦中。

"大美泉山"传统美德春联大赛铜奖

伴春风几缕以扬歌，歌溢四条河水；
邀夜月一轮而入梦，梦圆五个泉山。

注："四条河水"系指泉山区境内故黄河、丁万河、拾屯河和拾新河，四条河流纵横交错。"五个泉山"系指实力泉山、知识泉山、美丽泉山、民生泉山和勤廉泉山。

宁夏妇联春联大赛优秀奖

勤为祖训长传世；
信是家风永伴人。

"恒丰置业"春联大赛优秀奖

山水盈春，春水春山荣置业；
家园溢福，福天福地乐恒丰。

云南省保山市"珍爱生命　平安幸福"交通安全春联大赛优秀奖

安是福源头，心记安全人享福；

和为春底色，梦呈和美国臻春。

湖北省"乐健国际"春联大赛优秀奖

乐在心中，情洽养生春不去；

健从体上，梦圆兴业福常来。

"渤海银行·添金宝"春联大赛优秀奖

渤海银行立自狮城，凭渤盛、渤祥、渤乐，助你财源如渤海；

添金宝贝兴于猴岁，以添春、添福、添和，祝君产业更添全。

安徽电视台《快乐无敌大PK》节目"迎猴年·赛春联"优秀奖

莺梭巧织，燕剪精裁，江淮似锦方方美；

羊岁小康，猴年大有，事业如牌局局新。

山东省郯城县春联大赛优秀奖

羊毫手上挥，书春写福；

猴棒心中举，秉正持廉。

河南省宜阳县"菲英特杯"春联大赛优秀奖

写福书春，一管羊毫濡好梦；

持廉秉正，千钧猴棒奋雄心。

陕西省凤翔县"共建文明　同享幸福"春联大赛优秀奖

　　紫燕献歌，凤翔凤舞；

　　金猴追梦，龙翥龙飞。

安徽省五河县"聚力达小康　协心创文明"春联大赛优秀奖

　　德美五河春着色；

　　梦圆九域福盈心。

北京市顺义区第17届春联大赛优秀奖

　　羊驮瑞雪归，回首三区四镇，犹留千里喜；

　　猴领和风出，放眸一港两河，更赏八方春。

"田地头杯"春联大赛优秀奖

　　羊毫挥就迎春赋；

　　猴棒扫开逐梦途。

"辉煌十二五　展望十三五"春联大赛优秀奖

　　精准扶贫，贫如冬后雪；

　　勤劳致富，富媲夏前花。

湖南省益阳市首届"清溪杯·大运猴年"春联大赛优秀奖

　　得意点睛，羊毫一管生花妙；

　　纵情追梦，猴棒千钧拓路宽。

迎新春"书香涡阳"楹联大赛优秀奖

一德一心圆一梦；
三严三实化三春。

河南省新安县新春楹联大赛优秀奖

善政惠民，实事十桩，羊毫书出千家喜；
新安追梦，高歌一路，猴棒拓开万里春。

南方网"点赞新时代"春联大赛优秀奖（新声）

羊毫举起，蘸日濡春，把价值观着意写；
猴棒挥来，扫霾开路，朝华夏梦纵情追。

黑龙江省尚志腾飞商贸春联大赛优秀奖

奋发庆新春，发展经营添发展；
欢腾迎大圣，腾飞商贸促腾飞。

第十届"昆图杯"春联大赛优秀奖

莫搁羊毫，山河尚待题诗画；
当挥猴棒，天地尤需扫雾霾。

山东省第二届"鲁丰·锦绣花园杯"春联大赛优秀奖

羊驮瑞雪归，励耕留下洋洋喜；
猴领和风出，启读翻开厚厚春。

注：上联中"羊"与"洋洋"谐音。下联中"猴"与"厚厚"谐音。

第二届"祝福酒泉"春联大赛优秀奖

歌从丝路以传兮！又趁新春起步，把发展歌、友谊歌，传朝沧
海外；

梦自酒泉而筑也！更凭大圣扬威，将富强梦、文明梦，筑到太
空间。

广东省佛山市乐从镇"万福送万家"春联大赛优秀奖

羊驮瑞雪载歌去；

猴领春风追梦来。

广东省和平县春联大赛优秀奖

自然墨，生态毫，山水入题，四时描绿画千幅；

发展锣，振兴鼓，城乡合奏，百业唱红歌一支。

"美丽石林　幸福彝乡"春联大赛优秀奖

和谐美丽石林春，燕子声声点赞；

强盛文明华夏福，猴王步步腾欢。

广东省清远市清城区春联征集大赛优秀奖（最高奖）

万里三春荣大地；

千钧一棒定中华。

并肩大圣齐天福；

全面小康遍地春。

羊驮瑞雪载歌去；
猴领春风追梦来。

喜看迎春归紫燕；
欢歌献瑞闹金猴。

开泰开春开喜悦；
创新创业创辉煌。

一路生春归紫燕；
千门溢喜迓金猴。

修身可效经风竹；
立志当如傲雪梅。

人靠德才而造福；
花因香色以生春。

经风竹叶盈眸绿；
傲雪梅花映梦红。

梦结文明强盛果；
德开诚信善仁花。

人心已共春风暖；
国梦尤随旭日圆。

家邦梦蕴三春意；

价值观凝百族心。

笑溢华堂人守岁；
梦圆盛世国迎春。

香飘年味家盈福；
暖透乡情国溢春。

窗前春景盈眸绿；
门上联花映梦红。

人生出彩因德美；
事业倾情为梦圆。（新声）

价值扬歌，精神擂鼓；
人生筑梦，道德铺基。

福立门前，和居户内；
春归岁始，喜到年终。

诚信靓人生，春风点赞；
复兴昌国运，喜气飞扬。

廿四字生春，春风春雨；
万千门纳福，福地福天。

2017年全国对联大赛获奖作品选

安徽省合肥市肥东包公文化园楹联大赛最高奖刻挂联

足前正道，心中孝道；
头上青天，眼里春天。

注：该联由中国美术家协会会员、中国书法家协会会员、安徽省美术家协会中国画艺术委员会顾问、安徽省书法家协会艺术顾问、国家一级美术师、合肥市美术家协会主席王守志先生书写，于包公文化园刻挂。

宋贞汉评：

上联扣得紧，质朴真诚；下联跳得开，含蓄蕴藉。"春天"，有延伸，耐寻味。

第六届"弥图杯"春联大赛一等奖
山东省乳山市第三届"枫叶情"楹联大赛二等奖

永抱初心，党心正比春风暖；
长追好梦，国梦将同旭日圆。

山东省乳山市第二届"枫叶情"楹联大赛二等奖

庆祝中国共产党成立95周年联

眼里江山铺试卷，由解放破题、改革破题、发展破题，又见破题圆国梦；

胸中日月耀文辞，做繁荣答案、和谐答案、富强答案，更期答案遂民心。

邢伟川评：

上联把建党95年的成绩喻作一张张不同内容的试卷，分阶段破题，扣人心弦；下联分层列出一个个顺遂民心的答案。全联娓娓道来，流畅自然。

山西省吕梁市"中国节日联"征联大赛百优（最高）奖

建党节

捧热心，守清心，不忘初心，心心朝着核心聚；

传红色，铺绿色，常扬特色，色色化成春色来。

重庆市大渡口区建胜镇"五品家园"善孝廉联大赛最高奖

综合联

善、孝、俭、勤，当为无价传家宝；

廉、明、公、正，更是有情爱国篇。

廉联

务谨务廉，愿我效牛常乐意；

拒贪拒贿，闻人落马不惊魂。

山西省闻喜县"学裴氏古家训　撰当代家风联"征联大赛二等奖

国是千秋连续剧，当以德来编、以心来演；
家为一曲主题歌，须凭情去唱、凭爱去听。

注：本联系山西运城鼎鑫华府大书房刻挂联。楹联书法：山西省书协副主席姚国瑾。匾额"中国故事"书法：运城市书协主席卫立钧。

评委会评：

这副楹联最大的特点是，没有飞扬的文采，全是平实的话语。联中蕴含的精神力量和家国情怀却更是直击心底，让人触景生情。全联告诉我们："家是最小国，国是千万家。"家庭的前途命运同国家和民族的前途命运紧密相连。

"美丽太仓·国士情怀"征联大赛二等奖

怀装政策，脑记法规，一条红线四时守；
梦壮太仓，情浓中国，千顷绿畴万代延。

"美丽太仓·国士情怀"征联大赛优秀奖

政惠太仓，仓幸收粮无税；
法安中国，国歌护地有规。

湖北省通城县仙人寺征联大赛三等奖刻挂联

方丈室

方正堪臻禅者性；
丈量不尽佛之缘。

河北省邯郸市磁县"恒通杯"迎庆十九大诗联大赛三等奖

春自哪来？看磁县四时城溢繁荣，乡臻美丽；
福因何在？喜神州万里民盈富裕，党致清廉。

井冈山革命根据地创建90周年楹联大赛三等奖

精准扶贫，已续长征步伐，丈量红色山和水；
共同致富，更教大捷歌声，回荡老区地与天。

邢伟川评：

此联从扶贫致富角度切入，但不忘抓住红色基因，"续长征步伐"，来"丈量"山山水水，写出了扶贫工作者的辛苦付出；下联展现了致富效果，胜利的歌声回荡在天地之间，让人感奋。

重庆市大渡口区"观渡坊"征联大赛三等奖

爱河心是渡；
情海梦为涯。

山西爱世代孕婴用品销售有限公司征联大赛三等奖

捧一颗心，心注婴儿穿、用、吃；
播千般爱，爱融世代福、祥、康。

"走笔诗词楹联　同倡文明新风"诗联大赛三等奖

挥美丽毫，蘸繁荣彩，自潮州将画纸铺开，以六城同创为题，文明画与心灵映；
擂振兴鼓，鸣发展锣，随禹甸把歌台搭起，由百姓共欢入曲，幸福歌追梦想飞。

山东省临沂市"德泉·孝贤杯"海内外楹联大赛三等奖

　　耕读俭勤，一条祖训古今鉴；

　　孝忠仁信，四字家风天地扬。

山东省临沂市"德泉·孝贤杯"海内外楹联大赛优秀奖

　　以德树人，千秋美德来于孝；

　　凭心报国，一片诚心起自廉。

"铁狮酒杯"河北省沧州建州1500年楹联大赛优秀奖

　　对南北东西面，侧耳听歌，歌溢运河河溢谐，歌飞乡里，歌飞市里；

　　承一千五百年，纵情筑梦，梦盈渤海海盈福，梦壮沧州，梦壮神州。

"大美晋江法治同行"诗联大赛佳作奖

　　宪律编成一部书，天为封面，地为封底；

　　法槌落定千秋理，民得宽心，国得宽途。

广东省清远市寨岗镇文化广场舞台征联大赛优秀奖

　　燃情清远戏连台，当以心来演；

　　筑梦寨岗歌遍地，应凭爱去讴。

河北省清河县首届"羊绒小镇杯"楹联大赛优秀奖

　　对句：鸡岁清河豪情怀，中国精神甲天下；

　　出句：羊绒小镇大梦想，北湖风韵赛江南。

　　　　　　　　　　　　　　　　　　我的获奖诗联选

陕西省安康市"秦巴秘境神奇双龙"文学大赛楹联优秀奖

　　精准扶贫，促双龙奔全面小康，当承昔日长征脚步丈量山水；
　　共同致富，迎百鸟歌各方大美，可让秦巴秘境声音回荡地天。

湖南省资兴市黄草镇中学"逐梦杯"诗联大赛优秀奖

　　培德培才，情倾黄草如春雨；
　　励心励志，梦逐蓝天向太阳。

"放飞梦想"山东省潍坊市首届世界风筝都楹联大赛优秀奖

　　长线正牵情，龙裔以缘连世界；
　　好风凭借力，鸢都将梦放云天。

重庆市巴南区龙洲湾街道"德法相伴幸福龙洲"楹联大赛优秀奖

　　法治而兼德化，德满龙洲，情共春风千里播；
　　民安且使心欢，心张鹏翼，梦如旭日一轮升。

"江南杯"纪念香港回归20周年楹联大赛优秀奖

　　归来香港喜回眸，廿春花艳，廿秋果硕；
　　推进中华欣逐梦，一带海宽，一路天长。

"联咏雄安"楹联大赛优秀奖

　　曾胆放特区，又功著新区，雄安雄起；
　　正歌飞全世，将梦圆盛世，中国中兴。

广东省阳江市"寻找醉美乡愁……"诗联大赛优秀奖

你敬老人，易启后人皆敬你；

他亏上代，难逃下代更亏他。

"文明三门峡"春联大赛一等奖

河南省三门峡市红十字会春联

十分爱，十分心，凝成十字红，红辉福地；

三月风，三月雨，化作三门绿，绿拥春天。

评委会（吕淳民执笔）评：

该作以散文笔法，行云流水般地对红十字会的担当和使命加以诠释。全联平白如话，雅俗共赏，落纸云烟，内涵丰富。复辞和顶真修辞手法的综合运用，极大地提升了作品的艺术魅力。句式灵活自如，借鉴癸巳年同类作品一等奖的形式，体现出活学活用的学习方法，同时也对限字联句式研究课题提供了范本。

安徽省"福彩送福进万家"春联大赛一等奖

春风一度春千里；

福彩三旬福万家。

吉林省首届"福彩杯"春联大赛一等奖

扶老助残，济困救孤，一张福彩千般爱；

求真尚善，创新扬美，卅载春风万缕情。

广东省肇庆市首届春联大赛一等奖

中央电视台鸡年春节春联大赛百优（二等）奖

　　当知国梦连家梦；

　　不忘初心树信心。

首届"爱心助残杯"春联大赛一等奖

　　瘦梅尤傲雪；

　　弱草也争春。

　　凌一二评：

　　上联如一幅《寒梅傲雪图》：枝干如铁、迎雪怒放，繁花似火、温暖人心；下联似一幅《石缝中的小草》画作：没有沃土，小草仍顽强地生长、积极向上，以微弱的力量带来生机与活力。联中有画，画中寓情，情满人间。

山东省寿光市"金鸡报晓"核心价值观春联大赛一等奖

河北省临城县图书馆春联大赛二等奖

　　情浓春意里；

　　德美孝心中。

山东省寿光市"金鸡报晓"核心价值观春联大赛一等奖

　　一声催晓醒天地；

　　五德延春润古今。

河南省图书馆春联大赛十佳楹联（最高）奖

一声天地晓；
五德古今春。

新疆乌鲁木齐市"从春联走进春天"春联大赛一等奖
山东省菏泽市"门口的文明"楹联大赛三等奖

伴春风几缕以扬歌，歌唱新疆大美；
邀夜月一轮而入梦，梦圆中国小康。

江苏省苏州市吴江区"家风家训"主题春联大赛最高奖

祖训一条：俭勤诚信；
家规四字：正直清廉。

江西省宜春市第一届"华人礼服杯"春联大赛最高奖

品牌国际扬，驰名世界而无界；
礼服华人制，落户宜春以迓春。

辽宁省康平县"瑞秦装饰杯"春联大赛二等奖

报晓鸡啼，已将辽北日啼红、春啼绿、福啼满；
过年狮舞，更把域中心舞爽、情舞热、梦舞圆。

辽宁省康平县"瑞秦装饰杯"春联大赛三等奖

筑梦康平，天天好戏连台，由鸡报幕；
怡情中国，岁岁新歌到处，自燕唱春。

浙江省图书馆"新桃楹春"春联大赛二等奖

绮梦同追，国道康庄民自奋；
初心不忘，党风廉洁政尤通。

"红山河杯"宁夏吴忠市春联大赛二等奖

谁著吴忠一部书？福是序言，春为封面；
我传禹甸千秋史，勤追国梦，善立民魂！

"红山河杯"宁夏吴忠市春联大赛优秀奖

五个吴忠，发展戏连台，当以情来演；
四时禹域，文明歌遍地，须凭德去讴。

上海市闵行区"互邦杯"春联大赛二等奖

春从梅蕊到桃蕊；
福自你心连我心。

"精彩中国·前行力量"湖北省第38届春联大赛二等奖

笔走春风，把价值观题于脑海；
犁耕时雨，将家邦梦种在心田。

中央电视台春联大赛百优奖
安徽省合肥市包河区淝河镇春联大赛最高奖

惠民生以抱初心，心如春暖；
昌国运而圆好梦，梦比日红。

第十二届上海老西门春联大会百字长联大赛三等奖

三春至美，美在老西门，美在老城厢！美自何来？看：也是园诸景宜人，白云观历年传道；艾家弄瓦砖构院，蓬莱街正直行商；犹呈普育里抒情以举联旗，联辉万户千门梦；

百福臻荣，荣归新上海，荣归新祖国！荣从哪出？喜：徐光启秉承科学，叶企孙推进文明；董其昌书画播名，吏可久清廉饮誉；更有黄炎培革命而追民主，民献五湖四海歌。

注："蓬莱街"意指蓬莱市场，抗日战争爆发前蓬莱市场曾提倡国货、抵制日货，故为"正直行商"。

湖北省宜昌市长阳农商银行春联大赛三等奖

一曲鸡鸣春启幕；

八方龙舞福登台。

桂林银行春联大赛铜奖

桂树集千林，香飘世上；

银行连百业，富溢人间。

"挺进之歌"对联大赛三等奖

一条心下一盘棋，正古邑复兴，莫负闻鸡起舞；

千户梦飞千里道，恰晋中挺进，当催跃马加鞭。

古梅·新天地春联大赛三等奖

雪笺梅字春消息；

风笛柳弦福乐章。

湖北省通山县慈口乡"慈口杯"春联大赛三等奖

致富业频兴，水产业兴，林果业兴，兴于千户富中富；

迎春人共乐，播耕人乐，旅游人乐，乐在四时春上春。

湖南省邵东市首届春联大赛三等奖

邵东县政府春联

永抱初心，心上三春从政出；

长追好梦，梦中百福向民来。

山东省临沂市首届春联大赛三等奖

我写《临沂大美》诗！瑞雪铺宣，春风润笔；

谁描《禹甸小康》画？群星落款，旭日钤章。

"文化屈原"春联大赛三等奖

引颈三声，唱红旭日；

立身五德，润绿春天。

重庆市"弘扬核心价值观"春联大赛三等奖

追梦领春风，谁是长征新接力？

放歌迎晓日，我于盛世大燃情。

湖北省荆门市东宝中学第六届春联大赛三等奖

猴驮瑞雪归，回首猴年，教育遂心，满园硕果甜城镇；

鸡啼红日出，放眸鸡岁，师生圆梦，遍地鲜花茂李桃。

陕西省榆林市第三届春联大赛三等奖

　　廿四字开花，花开开出人心美；
　　百千行结果，果结结成国梦甜。

广东省汕头市濠江区（赤隆）春联大赛三等奖

　　出句：一唱天明，九天布瑞千家喜；
　　对句：复兴业旺，百业呈祥万象春。

广西灌阳县第29届春联大赛三等奖

　　出句：联花朵朵年年艳；
　　对句：福字张张户户春。

安徽电视台《第一时间》"迎猴年·赛春联"优秀奖

　　对句：风舞和风迎福至；
　　出句：鸡鸣喜气报春来。

贵州省惠水县第25届春联大赛优秀奖

　　出句：不忘初心，围绕核心，凝聚党心，鼓动人心，万众一心圆
国梦；
　　对句：永承红色，增添绿色，展铺春色，弘扬特色，五光十色灿
鸿图。

速派奇电动车春联大赛优秀奖

　　逢新时代，当要闻鸡起舞；
　　驾速派奇，何须跃马扬鞭？

山西省夏县春联大赛佳作奖

　　滨涑水，倚中条，鸡鸣报晓山河应；
　　拥蓝天，铺绿地，龙舞迎春岁月新。

"八宝丹杯"第一届春联大赛优秀奖（新声）

　　八方四面花织锦；
　　宝地春天日捧丹。

河北安全生产杂志社春联大赛优秀奖

　　二字安全，重于五岳；
　　一言生命，利在千家。

"古井贡酒杯"春联大赛优秀奖

　　人尝古井口生香，香了徽风皖韵；
　　我品原浆心欲醉，醉之福地春天。

中宣部"弘扬核心价值观"春联大赛优秀奖

　　万户鸡鸣，扬中国好声音，声声报晓；
　　千程马跃，奋长征新步伐，步步催春。

"梅州杯"春联大赛优秀奖

　　心乐三春，我心乐自人心乐；
　　梦圆百福，家梦圆随国梦圆。

　　注：该联发表于2017年1月3日《人民日报》。

2018年全国对联大赛获奖作品选

范仲淹纪念馆楹联大赛刻挂联采用（最高）奖

　　勤廉已化世间德；
　　忧乐仍关天下情。

吴进文评：

此联可谓四平八稳。"勤廉"自对、"忧乐"自对，"勤廉"与"忧乐"又形成工对；"世间"对"天下"更是十分工稳。我以为用词最巧妙的是"已化"和"仍关"两个词，"已化"颇有过去时的意味，包含了肯定的成分；而"仍关"，则有现在进行时的性状，表示范公的品德情怀在新时代仍在不断延续。

安徽省铜陵市望江阁楹联大赛刻挂联采用（最高）奖

　　山作鼓呈，任奏自然新曲调；
　　阁如毫立，宜题生态大文章。

注："山作鼓呈"意指笠帽山形如铜鼓，古名铜鼓山。

"安龙杯"齐齐哈尔医学院附属第三医院90年院庆楹联大赛一等奖

兴医院以初心不忘，九秩树丰碑，振奋附三，捧情情暖新时代；

惠病人而美德常扬，千般呈妙术，健康民众，筑梦梦圆好未来。

"辽宁建投杯"诗联大赛楹联一等奖

万象一新，新时代，新思想，新目标，新天地，最宜撸袖加油，励志辽宁追好梦；

八方百美，美自然，美德操，美生活，美未来，尤任扬眉吐气，纵情华夏展宏图。

广西大化瑶族自治县成立30周年征联大赛最高奖（次联新声）

续大化三旬奋斗篇章，谁挥梦笔书时代？
随中华万里腾飞节奏，我拨心弦唱未来。

喜溢瑶族万户，筑梦抒怀，怀抱天蓝地绿风清月朗；
欢迎大化三秩，捧情献礼，礼呈政善人和乡美城新。

安徽省合肥市首届推动移风易俗弘扬时代新风楹联大赛二等奖

出外倍思亲，纵长途多拨、微信多编，也感爹娘恩未报；
回家频尽孝，任热饭勤端、清茶勤递，犹知儿女爱须加。

评委会评：

尽儿女孝心，报爹娘亲恩，意绵绵、情切切、爱深深。此联最大的特点是令人读后自然产生共鸣。

河南省委宣传部宣传十九大精神征联大赛二等奖

　　十九响惊雷，唤出春风春雨；

　　万千重喜气，扬开福地福天。

福建省"学习贯彻十九大精神"征联大赛二等奖

　　大美家园春织锦；

　　崭新时代福添花。

"国欣杯"庆祝改革开放40周年诗联大赛二等奖

　　迎改革新风，沐开放甘霖，最当忆卅春花艳、卅秋果硕；

　　迈腾飞健步，追复兴大梦，尤可歌一带海宽、一路天长。

山东省乳山市第四届"枫叶情"楹联大赛三等奖

　　续改革篇章，谁挥梦笔书时代？

　　随腾飞节奏，我拨心弦唱未来。

"大哥大杯"庆祝改革开放40周年诗联大赛三等奖（新声）

　　胆放四十年，脱贫奔富里程壮；

　　梦圆双百载，趋盛臻强时代新。

庆祝改革开放40周年安徽"黉街杯"楹联大赛三等奖（新声）

　　富裕思源，强盛思源，四秋回眸，惊看源从小岗来、潮自江淮壮；

　　复兴问道，腾飞问道，百族追梦，喜歌道在中华起、景随时代新。

庆祝改革开放40周年"艺海之春杯"楹联大赛优秀奖

> 小岗树精神，敢越雷池，四旬仍励新时代；
> 中华追梦想，奋行丝路，万里尤掀大浪潮。

福建省泉州市庆祝改革开放40周年楹联大赛优秀奖

> 卅年放胆，掀大浪潮，好任鲤城频跃鲤；
> 百业扬歌，奔新时代，快催龙裔更腾龙。

广东省茂名市电白区夜景灯光亮灯仪式诗联大赛优秀奖

> 夜最迷人，灯光恰似银河亮；
> 景尤醉我，春色犹如玉女妍。

"脱贫攻坚 奋进曲阳"诗联大赛优秀奖

> 脱贫以励攻坚，党政倾情，已教无影山旁，贫如冬后雪；
> 致富而催决胜，城乡追梦，尤让曲阳境上，富媲夏前花。

> 注："无影山"意指曲阳县境内的嘉禾山，相传嘉禾山终日无影，又叫无影山。

广西贺州市三峰山景区"景仰三峰杯"征联大赛优秀奖

> 出句：陶醉奇观，景仰三峰圆美梦；
> 对句：欢腾盛世，情倾八步展宏图。

福建省莆田市第二中学140周年校庆征联大赛优秀奖

> 自培元书院而臻教育集团，沐雨栉风，追梦扬歌，步壮跨开三世纪；

藉延寿水溪以润莆田园地，植桃栽李，树才立德，功高超过九华山。

贵州省关岭布依族苗族自治县"守护和谐·反对邪教"楹联大赛优秀奖

和谐谱曲，科学弹琴，时代歌讴新气象；

法治固基，文明加瓦，中华梦筑美家园。

山东省郯城县"柳琴杯"第三届征联大赛优秀奖

柳琴戏，唱三春，新时代自春开幕；

银杏篇，书百福，美画图由福作题。

黑龙江省伊春市"德馨堂杯"楹联大赛优秀奖

时代崭新，华夏新歌谁领唱？

未来大好，伊春好梦我催追。

广东省雷州市显春学校"显春杯"征联大赛佳作奖

题非同一班嵌名联

非凡成就自何来？勤思勤学；

同一追求由此去：至善至诚。

河南省"汝州美厕杯"首届厕所革命楹联大赛优秀奖

方便与人留，常于公厕讲公德；

卫生凭我护，更让美城添美容。

湖南省长沙市弘扬廉洁文化楹联大赛优秀奖（新声）

从政尽心，心清金井白沙水；

引民筑梦，梦壮影珠明月山。

喜溢百千家，追梦扬歌，歌讴禹甸风和气爽；

欢迎十九大，捧情献礼，礼列星沙民富政廉。

河北省唐山市第六届"长虹文学奖"文学大赛楹联优秀奖

食品安全，药品安全，品品皆关人品，为人立品守规矩而为，
便懂安全重比三山五岳；

你家幸福，我家幸福，家家总系国家，治国兴家依法章以治，
方教幸福长于万代千秋。

安徽省第二届"福彩送福进万家"春联大赛一等奖

福地迎春，春起春雷十九响；

彩民报喜，喜扬喜气万千重。

注：本联新声。"春雷十九响"寓意党的十九大。

安徽省桐城市农村商业银行春联征集最高奖（新声）

才起春雷十九响；

又扬喜气万千重。

江苏省金湖县民泰银行"家国情怀"春联大赛一等奖

堂前福共国家旺；

门外春随时代新。

中华罗氏第二届春联大赛二等奖

> 树大目标，梦圆远近罗门福；
> 拥新时代，德润纵横禹域春。

中华罗氏第二届春联大赛优秀奖

> 德著罗家，家扬诚善德扬孝；
> 心装祖国，国至富强心至忠。

上海市闵行区"互邦杯"春联大赛二等奖（新声）

> 喜蘸春风十九缕；
> 欣书福字万千张。

"十堰——人人称道的地方"春联大赛二等奖

> 奔大目标，五个文明臻五福；
> 迎新时代，三张名片展三春。

"中国年·喝习酒"春联大赛三等奖

> 习水一泓，绿连天下；
> 酒城十里，香透人间。

"楹韵三湘"职工主题春联大赛三等奖

> 钢花绽出新时代；
> 铁水流成大浪潮。

屈原诗联协会春联创作大赛三等奖

> 鸡痕竹叶留，于大自然开泰；
> 犬迹梅花放，为新时代报春。

山东省烟台市现代画院书法院、万光古文化城楹联大赛三等奖

> 万千条喜讯，频传喜气；
> 十九度春风，遍播春光。

河南省汝州市城市管理局春联大赛优秀奖（新声）

> 党树丰碑十九座；
> 国铺丽景万千重。

福建省泉州市鲤城区"崇德向善"春联大赛优秀奖

> 慈为祖上千秋爱；
> 孝是堂前百代心。

河南省鲁山县"卫计杯"春联大赛优秀奖

> 美丽家园春织锦；
> 吉祥卫计福添花。

陕西省兴平市第13届征联大赛优秀奖

> 携春以进新时代；
> 致富而朝大目标。

安徽省合肥市第22届迎春征联大赛佳作奖（新声）

　　新景新春，新思想领新时代；

　　大国大道，大目标期大作为。

第二届"孝感·中华孝文化名城"春联大赛优秀奖

　　悠悠孝道通心，但有开头，却无止步；

　　历历家规在目，当先训我，而后教人。

"邮政杯"春联大赛优秀奖

　　邮去情思飞出梦；

　　收回喜悦打开春。

"邯郸成语文化杯"春联大赛优秀奖

　　福盈鸡犬相闻处；

　　春溢燕莺对唱时。

山西省晋城市"挥毫抒时代……"春联书法展春联优秀奖

　　谁领春风？纵情走进新时代；

　　我扬喜气，追梦奔朝美未来。

"梦圆华夏　美在南丹"第四届春联大赛优秀奖

　　对句：万缕春风，千丝春雨，春色万千荣盛世；

　　出句：千家瑶寨，万户瑶乡，瑶胞千万乐新居。

上海老西门第13届春联大赛优秀奖（新声）

喜报万千张，如大自然飞雪；
惊雷十九响，为新时代启春。

陕西省韩城市第26届春联大赛优秀奖

德入人心，自然心比春风暖；
情凝国梦，终究梦同旭日圆。

"魅力白乡　和谐狗年"春联大赛优秀奖

白族调弦，中华妙曲宜人奏；
绿春润笔，时代新篇任我题。

中华国粹网春联大家写百副优秀春联奖

中华好梦圆来福；
盛会宏图展出春。

2019年全国对联大赛获奖作品选

广东省"观音山杯"庆祝中华人民共和国成立70周年70字长联大赛一等奖

七秩新旗帜，自北京升，从港澳升，向月球升，腾升旗帜耀乾坤，百姓翻身，得意扬眉犹放胆；

四旬大浪潮，于南粤涌，在城乡涌，随时代涌，奔涌浪潮连带路，九州追梦，纵情迈步更飞歌。

宋贞汉评：

一、意象选择上，形象典型鲜明。升国旗，不仅是一个仪式，而且是一种对国家的尊重和热爱的情感表达，更是国家形象和实力的象征。大浪潮，比喻形式声势浩大壮观。二、句子安排上，巧用排比句式，内容上写出各个阶段的历史时期，层次清楚；语气上节奏和谐，显得感情洋溢，气势更加强烈。长短句结合，错落有致，饶有韵味。三、章法使用上，起得精彩有气势，承以丰富内容、层次分明，转折处有生发，结尾处豪迈飒爽，体现了新时代精神、新中国气派。洋洋洒洒，联语虽长，读来流畅，不觉驳冗。四、用词讲究，尤其是"升""涌""耀""连"等，精准独到，可见匠心。

河北省成安县人民检察院庆祝建党98年国庆70年征联大赛二等奖

　　成业小康，人民才享七旬福；

　　安邦长治，时代又延万里春。

陕西省安康市庆祝新中国成立70周年大征联二等奖

　　千年回首看安康，已自古凭心传孝传诚，传勤传俭；

　　七秩放声歌祖国，更从今逐梦致强致盛，致美致荣。

天津市"安利杯"庆祝新中国成立70周年楹联大赛二等奖

　　扬眉七秩，放胆卌年，功成大作为：津门日耀千门福；

　　逐梦九州，飞歌六合，步迈新时代：渤海潮催四海春。

江西省宜春市庆祝新中国成立70周年楹联大赛二等奖

　　蘸繁荣墨，挥改革毫，七秩连题圆梦篇，大美入诗，小康成画；

　　弹发展琴，擂腾飞鼓，九州续演动情戏，未来开幕，时代搭台。

云南省庆祝新中国成立70周年征联大赛优秀奖

　　梦种云南，家乡已获七旬福；

　　歌飞天下，时代又延万里春。

河南省郑州市中原区庆祝改革开放40周年征联大赛优秀奖

　　激扬大浪潮，卌年盛况千家富；

　　拥抱新时代，四个中原万象春。

江苏省"城乡巨变七十年"楹联大赛优秀奖

题农民建筑工

本是兴乡这份情，将大业兴朝青野外；

依然种地那双手，把高楼种到白云间。

陕西省"迎国庆颂渭南"征联大赛优秀奖

扬眉七秩，放胆卌年，功成大作为：渭南收获千秋福；

逐梦九州，飞歌六合，步迈新时代：天下连通万里春。

重庆市大渡口区庆祝新中国成立70周年征联大赛百优奖

代代不忘：谁扶大众翻身起？

人人当感：我促中华逐梦飞。

广东省江门市古井镇"承古创新七十年"楹联大赛优秀奖

出句：七秩耕耘，故园捧出千重锦；

对句：九州奋进，古井铺开万里春。

"绿洲杯"颂改革咏白水征联大赛优秀奖

复兴作线，改革为梭，十美绿洲春织锦；

富裕无边，和谐有象，五新白水福添花。

安徽省"我和我的祖国"征联大赛优秀奖

四秩回眸，犹惊小岗樊篱越；

七旬追梦，更喜中华带路延。

山西省晋中市"不忘初心　砥砺前行"诗联大赛三等奖

怎可得民心？昔进首都，赶考已经见成绩；

如何圆国梦？今开盛会，破题尤在下功夫。

福建省"耕读主题"楹联大赛二等奖

老祖宗这样训言：亦耕亦读；

新时代如何圆梦？唯德唯才。

邢伟川评：

上下联相互照应，言简意赅，对仗工稳。

"泸州农商银行杯"楹联大赛三等奖

对句

出句：服务三农，农商鼎力，农业中兴功至上；

对句：腾飞一国，国道扬歌，国家大庆梦臻圆。

题四川乐山大佛

依乐山而坐，面朝东去大江，西来佛法；

历时世以观，心佑春浓沧海，秋灿神州。

题泸州特色旅游

面朝好未来，七旬开拓里程长，长歌溢福；

情系新时代，五大旅游文化美，美梦追春。

注："五大旅游文化"意指名酒、生态、红色、历史、长江五大特色文化旅游资源。

"我爱青秀山"楹联大赛入展作品奖

桃捧春花，红鲜千点衬青秀；
岛开福境，大美一方呈崭新。

评委会评：

全联嵌"桃花岛"三字。上联从桃花着笔，以拟人的手法，描述桃树捧着春花，因桃花在春三月里盛开，故言桃花即春花；并以千点桃花之色彩——粉红鲜艳来衬托青秀山青秀之美。"青秀"一词一语双关，既言青葱秀美，又喻意青秀山之名。下联从岛着笔，同样以拟人的手法，描述桃花岛宏开一方福境来展示大美、昭现崭新之妙。"崭新"一词一语双关，既言桃花岛之清新秀丽，又喻意新时代之崭新壮美。

湖南省"冬季乡村·康寿文化旅游节"楹联大赛优秀奖

清水秀山春不老；
小康大美寿常延。

中国历史文化名镇聂市古镇征联大赛优秀奖

方兴发商铺联

大业方兴，常以竞争入市；
宏财正发，更凭诚信经商。

广东省和平县首届法治征联大赛优秀奖

大美小康，和平大地文明驻；
新风正气，时代新天法治擎。

上海市第四届法治楹联大赛优秀奖

家规字字皆关德，

国法时时总在心。

安徽省第三届"福彩送福进万家"春联大赛一等奖

福溢江淮，大爱真情融日暖；

彩添时代，宏图绮梦焕春新。

姚祥评：

这副看似中规中矩的春联，却很有值得称道处。首先，不露痕迹地在句首嵌了"福""彩"二字；前一分句对仗工整，"溢"字堪称神来之笔，同时使得"江淮"有了双关之妙；后一分句在诸多元素的调配中，分用一个"融"和"焕"进行转化，使得全联浑然一体，境界愈显阔大，富有哲理意蕴。

安徽电视台《第一时间》"迎猪年·赛春联"十佳联

七秩天开泰；

四旬地驻春。

湖北省"精彩中国"第40届春联大赛二等奖

已经七秩昂头起；

又趁三春种梦来。

"新时代新包河"崇德向善主题春联大赛最高奖

崇德包河人向善；

怡情盛世国臻春。

梅举笔，雪铺宣，描绿包河千幅画；

水弹琴，山擂鼓，唱红盛世万支歌。

上海第一财经"谈股论金"春联大赛亚军奖

一路回升，已促蓝筹开玉局；

四旬改革，更添红利抱金猪。

福建省泉州市鲤城区"崇德向善"主题春联大赛二等奖

善是春晖昭国德；

诚为时雨润人心。

湖北省书香联萃迎新春首届楹联大赛二等奖

最是怡人，窗前梅俏如春俏；

尤为醉我，架上书香胜酒香。

央视网春联大赛百佳奖

九野繁荣，又迓绿春归玉燕；

四旬改革，更添红利抱金猪。

广东省佛山市禅城区文华迎春花市春联大赛二等奖

卅年春绿禅城地；

七秩日红华夏天。

西安城墙古城门全球春联大赛三等奖悬挂联

西安中山门（小东门）

德播世间，万里春风传博爱；

怀装天下，一轮旭日证初心。

注：本联2019年于西安中山门悬挂。

评委会评：

上联写中山先生的重要信条"博爱"，难能可贵的是以春风的意象来表达。下联写中山先生天下为公的革命初心，亦可贵的是以旭日的意象来烘托，以诗意的语言表达纲领性概念，甚为难得。

河南省鲁山县"决胜脱贫攻坚"春联大赛三等奖

致富脱贫，鲁山志续愚公志；

捧春播福，善政心连大众心。

安徽省合肥市第23届迎春征联大赛三等奖

展铺时代宜书福；

参照江淮好画春。

广东省遂溪县春联大赛三等奖

出句：创文景象新，爱国初心终不改；

对句：兴业城乡旺，富民好梦定当圆。

陕西省西安市鄠邑区"信业杯"春联大赛三等奖

出句：澍雨催春，春风拂柳，柳绿花红春意闹；

对句：新年祝福，福地闻莺，莺歌燕舞福音传。

陕西省旬邑县"古豳春韵"春联大赛三等奖

卅度回春，春风吹绿新时代；
七旬纳福，福字贴红美未来。

贵州省黔南布依族苗族自治州春联大赛三等奖

毛尖茶片片含春，天下又迎春落户；
小七孔连连拱福，黔南尤庆福开花。

山西省昔阳县第六届"赞好人 学好人 做好人"楹联大赛优秀奖

争做好人，昔日心田皆种德；
敢开大局，阳春梦笔又描图。

陕西省咸阳市新春征联大赛优秀奖

改革飞梭，卅载咸阳春织锦；
复兴连线，七旬华夏福添花。

湖南省桃江县第一届"新华杯"春联大赛优秀奖

贴副春联邀燕读；
书张福字比猪肥。

"秣陵杯"颂江宁春联大赛优秀奖

写春天故事，卅载抒情，港城喜拥新时代；
建全面小康，百年圆梦，世界惊看大作为。

河北省第34届"天鹤杯"春联大赛优秀奖

　　七秩致和谐，又迓绿春归玉局；
　　四旬循改革，更添红利抱金猪。

2020年全国对联大赛获奖作品选

江苏省南京市雨花台区"景明佳园杯"法治楹联大赛优胜奖刻挂联

　　由法治伴行，虹霞铺道；
　　与文明签约，日月盖章。

广西兴安县魁星楼等景观征联大赛最高奖刻挂联

　　乡里乐
　　兴在国中圆一梦；
　　安居乡里乐千歌。

广东省阳江市"文明祭扫　深情缅怀"楹联大赛一等奖

　　旧俗当除，祭祀新风行网络；
　　先宗可慰，绵延后裔领文明。

　　韦化彪评：
　　起笔说要去除旧的习俗，既然是去除旧的习俗，就必然会倡导新的风尚，那么新的风尚是怎样兴起的呢？第二分句是指从网络上兴起的。

全联切合主题，观点新颖，内容独到，时代感强，这是能获得大奖的主要原因。

张永光评：

除旧俗，倡新风，对比鲜明；慰先宗，有后裔，彰显文明。上下联语，工稳新颖。

福建省安溪县楹联学会成立30周年楹联大赛最高奖

安得三旬情似海？
原来两比韵如溪。

山东省乳山市第六届"枫叶情"楹联大赛一等奖
"2020对联中国"年度最佳作品

庚子年感怀

小康不是小题，题繁荣富裕、和谐美丽，国展画篇，时代延伸全胜景；

大疫尤为大考，考团结英明、果敢坚强，党交试卷，人民赋予最高分。

邢伟川评：

两起利用小与大的重复使用，紧抓读者眼球，后边分句环环相扣，对起句各有交代，两结升华有力。

浙江省湖州市清廉文化楹联大赛二等奖

思思古代悬鱼，便知腐自家中拒；
看看今朝落马，更愿廉从任上扬。

浙江省湖州市清廉文化楹联大赛优秀奖

千秋载覆水常鉴；

一任贪廉民自知。

《文萃报》"壮丽70年奋斗新时代"征联大赛三等奖

民何以富？国怎以强？千古难题谁可解？

梦已趋圆！心尤趋奋！七旬伟业我当歌！

"崇文杯"广东省茂名市崇文学校楹联大赛优秀奖

崇德崇才，理念领先，大智大仁行大道；

文明文化，精神至上，名师名校育名生。

山东省济南市"兴福街道杯"楹联大赛优秀奖

禧柳客厅——兴福街道党群服务中心

禧旺家家，百姓乘荫感栽柳；

春荣岁岁，四时兴福笑开花。

"联馨峰泖振兴乡村"上海市松江区泖港镇黄桥村楹联大赛优秀奖

梦种浦南，田长小康家获福；

情融沪上，村呈大美世添春。

"小浪底杯""黄河故事"楹联大赛优秀奖

三过不归家，治水当年思大禹；

一生曾奉国，布春今日看焦桐。

陕西省咸阳市春联大赛一等奖

心守咸阳诚与善；
梦追时代福和春。

河南省济源市"助力脱贫攻坚"春联征集最高奖

脱贫梦续愚公志；
致富心铭善政恩。

纳福尤知谁送福；
迎春但愿我添春。

送暖心中怀旭日；
扶贫手上捧春风。

大业兴来帮百业；
小家旺起想千家。

江西省井冈山市原创文明春联大赛十佳奖

携春追向中华梦；
让福归于大众心。

广东省深圳市宝安区春联大赛最高奖

金猪拱出大湾福；
玉鼠闹开中国春。

七秩歌高，宝安已溢千门福；
百年梦好，时代又添一个春。

"温河大王杯"春联大赛二等奖

　　翻开费邑美人文，梦是点题，德为立意；
　　装订神州新岁月，春成画册，福集诗刊。

中央电视台春联大赛百优奖

　　七旬百福多，纳福皆知谁送福；
　　九域三春美，迎春更愿我添春。

北京市顺义区第二届春联大赛优秀（二等）奖

　　七秩歌高，空港庆功才喝彩；
　　三春意暖，浅山种梦又开花。

湖北省第二届书香联萃春联大赛三等奖

　　过节拜年，赠送图书如贵礼；
　　迎春会友，交流知识胜闲聊。

湖北省第二届书香联萃春联大赛优秀奖

　　离退岂闲身？寻趣常教孙运笔；
　　复兴当有梦！潜心每伴子攻书。

安徽省第四届"福彩送福进万家"春联大赛三等奖

　　春续七旬彩；
　　福敲百姓门。

安徽省合肥市第三届"推动移风易俗……"征联大赛三等奖

田种小康家种孝；

村生大美国生春。

吉林省长春市图书馆第22届春联大赛三等奖

解放迎春，开放回春，七秩种春，人民收获千秋福；

振兴筑梦，复兴追梦，九州圆梦，时代激扬四海歌。

卅年立足，卌载昂头，七旬梦筑新时代；

四海扬歌，五湖溢誉，九域情掀大浪潮。

注："卅年立足"意指中华人民共和国自从成立后至改革开放前的三十年是站起立足的时代。"卌载昂头"意指改革开放四十周年是让中国人民昂首扬眉的时代。上联中"卅年"加"卌载"等于"七旬"。下联中"四"加"五"等于"九"。

新疆第五届"从春联走进春天"春联大赛三等奖

德润村乡，田种小康家种孝；

梦圆时代，世生大美国生春。

山西省昔阳县第七届"赞好人学好人做好人"楹联大赛优秀奖

昔日好人好事入联，德为联眼；

阳春新景新年铺画，梦乃画魂。

梁石评：

此联虽只获优秀奖，但颇有可圈可点之处。"德为联眼"，太精彩了！四个字妙笔点睛。"联眼"，是从诗中移植过来的，顾名思义，联眼即是一副对联的眼睛。

"鄂尔多斯我的家……"春联大赛30优优秀奖

城新乡美春无界；

民富国强福有源。

河南省义马市礼赞丝路古驿讴歌能化新城春联大赛优秀奖

万里春风，丝绸古道春无界；

千门福字，能化新城福有源。

中国历史文化名村大余湾春联大赛优秀奖

鼠毫蘸梦，以白墙黛瓦为题，快写小康和大美；

燕剪飞歌，凭绿水青山作锦，巧裁福地与春天。

湖南省邵东市春联征集获奖作品

燕剪巧裁春缀锦；

鼠毫大写福开篇。

"梦圆华夏　美在南丹"第六届春联大赛优秀奖（新声）

对句：千张福字挂，千家喜气多，新盛中华新盛喜；

出句：一路汽笛唱，一带春花艳，大同世界大同春。

2021年全国对联大赛获奖作品选

上海市老西门第十六届春联大赛一等奖

喜迎中国共产党成立100周年

功同盘古，以锤子镰刀，开天辟地；

恩比亲娘，凭小康大美，哺国育民。

张家安评：

"功同盘古""恩比亲娘"，比拟得多么形似且神似！全联既写明了中国共产党的百年伟绩超越了万古，又使人真切地感受到伟大、光荣、正确的中国共产党万岁！

中国楹联学会主办、全国30多家省市级楹联学会协办庆祝中国共产党成立100周年大征联活动推荐百副作品一等奖

百年巨史创辉煌，地为封底，天为封面；

九域新篇书幸福，民是主题，党是主编。

张家安评：

大手笔写大主题，大构思拓大境界，自然大气磅礴。"地为封底，天为封面"是多么大的胸怀才能抒发出这么大的诗情画意；"民是主题，党是主编"又是多么真的情感才能讴歌如此真切的初心理念！

北京市"汤河杯"庆祝建党百年诗词联大赛一等奖

起南湖而至北京，大道通天，锤镰耀日；
兴中国以联外域，小康遍地，时代延春。

韦化彪评：

因为为建党百年题写对联，所以起笔回溯我们党诞生的地方南湖。上联说，我们从南湖到北京，沿着通天的大道，一直高举着可以照耀日月的锤镰旗帜。下联说，振兴中国和世界联手，看我们今天小康已经在全国取得了丰硕的成果，而时代正在谱写着新的春天。全联大包大揽，气势夺人，而且对仗上颇为讲究。南湖、北京看着当句对也行，南湖对中国，上下对亦可。外域对北京同理。"中"对"南"，"外"对"北"，这些方位词组对仗是有用心的。"小"对"大"、"地"对"天"，也见匠心。

安徽省合肥市"弘扬伟大建党精神——新起点新征程"楹联大赛一等奖

百载功成，小康不小；
六中图展，新景更新。

张家安评：

"小康不小"，"不小"的"小"字寓意中国共产党的百年恩绩深于海、重若山、大如地、高比天。该联贵在这个"小"字，意味无穷，让人想象无穷。诚乃"小"字不"小"，足见作者炼字用词功夫了得！

上海市庆祝建党百年征联大赛入选（最高）奖

小康已获，大美频追，一路民皆臻福境；
故事犹传，新航正启，百年党又领春潮。

湖南省长沙市"艺心向党·联颂星城"征联大赛入选（最高）奖

砥砺歌、奋斗歌、胜利歌，欢歌迎百寿，欢歌讴大党；
获得感、幸福感、安全感，好感进千门，好感伴长沙。

山西省闻喜县"用中国名片讴歌百年党庆"征联大赛百优（最高）奖

中国旗帜

步达小康，凭谁人路指一条、旗擎百载？
梦追大美，由我辈镰挥四野、锤锻九州。

广东省平远县迎百年党庆中国地名对句征联大赛一等奖

出句：又闻湖北黄梅熟；
对句：更赏陕西大荔丰。

山东省乳山市第七届"枫叶情"征联大赛二等奖

庆祝中国共产党成立一百周年百字长联

一百年故事传奇：星擎北斗，扫暗驱邪；日播东方，启明送暖；潮掀南粤，图强致富；春行西部，促福构和；全达小康，贫脱疫除歌奏凯；

九万里新航向远：风顺陆台，破冰开雾；虹连港澳，焕璧耀珠；带展亚欧，利友惠邻；路拓乾坤，潜洋登月；更追大美，锤挥镰引梦升华。

广东省"观音山杯"庆祝建党百年百字长联大赛铜奖

红船启碇，一百年砥砺前行，破雾霾而驶，驶向井冈，驶向长征，驶向延安，驶进中南海；锤镰开盛世，将使命勇担，小康已达犹追梦；

赤帜擎天，九万里纵横奋起，掀潮浪以兴，兴从改革，兴从发展，兴从超越，兴持价值观；时代拓新途，让初心牢记，大疫频除更放歌。

四川省金堂县庆祝建党百年诗联大赛三等奖

聚势而成势，看联动三区，双城披锦绣，喜迎全面小康，天堂落在金堂上；

扬歌以献歌，忆领征万里，九域奋锤镰，酣祝百年大庆，民梦圆于国梦中。

注："聚势而成势"意指金堂县正聚势融入双循环、唱好双城记，"淮州为核、三区联动"城市发展格局定型成势。"双城"意指金堂县正聚势融入双循环、唱好双城记。

"能达炜赋杯"庆祝建党百年征联大赛三等奖

斗争洒血，解放捐躯，百载忆从头，曾扶大众翻身起；
改革燃情，复兴撸袖，千程看迈步，更引中华逐梦飞。

吉林省敦化市庆祝建党百年诗联大赛三等奖

河北省廊坊市广阳区公共图书馆庆祝建党百年楹联大赛三等奖

> 民富思源，国盛思源，源自南湖来活水；
>
> 霾清谢党，疫平谢党，党如北斗指新程。

"东夷·子曰杯"庆祝建党百年诗联大赛三等奖

辽宁省鞍山市"翰书康景 墨展春情"春联大赛优秀（最高）奖

> 党诞百年，全面小康呈寿礼；
>
> 民兴九域，万方大美焕春光。

"东夷·子曰杯"评委会评：

> 一份小康寿礼，比喻新颖，磅礴之功。

广东省汕头市濠江区庆祝建党百年海内外楹联大赛三等奖

> 党帜擎天，恰如北斗祥光照；
>
> 春潮遍地，为有南湖活水来。

江苏省泰兴市庆祝建党百年"百诗百联颂党恩"大赛三等奖

> 续南湖一棹，而促远航，追梦飞歌，歌飞大美新时代；
>
> 仰北斗百年，以迎华诞，捧情献礼，礼献小康强泰兴。

湖南省娄底市娄星区政协庆祝建党百年楹联大赛三等奖

庆祝中国共产党成立100周年缅怀贺国中烈士

> 百年大庆时，岂忘使命当肩？且思忆井冈山脚，血染身躯腾虎将；

全面小康日，仍感初心在抱！尤仰崇云雾桥头，魂凝意志励龙人。

广西壮族自治区庆祝建党百年"花红杯"楹联大赛三等奖

奋锤镰以起，旗赤百年，引领九州追绮梦；
历风雨而来，花红五秩，绽开千里印初心。

"奋进新时代"江苏省淮安市洪泽区庆祝建党百年楹联大赛三等奖

万里江山铺试卷，做解放难题、改革难题、发展难题、大疫难题，一路破题：圆之国梦圆家梦；

百年日月耀文辞，交繁荣答案、和谐答案、富强答案、小康答案，千条定案：顺了天心顺地心。

中国水利报社"治水为民千秋伟业·献礼建党百年"楹联大赛三等奖

为何中国水常美？
因是南湖源最清。

中国水利报社"治水为民千秋伟业·献礼建党百年"楹联大赛优秀奖

筑高坝，拓长渠，引万水以朝东海流，九州总是绿生色；
润小康，滋大美，溯一源而自南湖起，百载依然清到心。

庆祝建党百年讴歌林祥谦诗联大赛楹联三等奖

党史读来，每启后昆，最钦首位捐躯者；
国歌唱起，皆怀先烈，尤励千秋逐梦人。

注："首位捐躯者"意指林祥谦是中共党史第一位烈士。

江苏省宿迁市庆祝建党百年诗联大赛优秀奖（新声）

　　小康九域，大美频臻，让民频有获得感、幸福感、安全感；
　　华诞百年，明时共庆，向党共呈胜利歌、欢乐歌、奋进歌。

天津市"海河杯"喜庆建党百年楹联大赛优秀奖

　　小康遂愿，大美展图，双城福景辉，因凭北斗祥光照；
　　渤海扬歌，津门追梦，九域春潮漾，为有南湖活水来。

陕西省咸阳市庆祝建党百年征联大赛优秀奖
"璜泾杯"庆祝建党百年征联大赛优秀奖

　　一叶红船，已化初心心映日；
　　百年赤县，正圆好梦梦开花。

广西岑溪市庆祝建党百年诗联大赛楹联优秀奖

　　续南湖一棹，而促远航，追梦飞歌，歌讴大治岑溪美；
　　仰北斗百年，以迎华诞，捧情献礼，礼赞小康时代新。

湖北省石首市庆祝建党百年楹联大赛优秀奖

　　风雨为弦，九万里长歌动地惊天，民声入曲；
　　锤镰作笔，一百年大著烁今耀古，国梦点题。

广西壮族自治区庆祝建党百年"金嗓子肠宝杯"征联大赛优秀奖

　　小康在握，大美尤追，双百年使命千钧，党以铁肩担起；
　　正气当讴，清风可颂，九万里欢歌一曲，民凭金嗓唱开。

江西省莲花县"初心杯"百年话巨变诗联大赛优秀奖

小康全面成，绮梦已如圆月亮；

大寿百年庆，初心仍似洁莲花。

"浭酒杯"庆祝建党百年诗联大赛楹联优秀奖

孺子牛、拓荒牛、老黄牛，一百年党似勤牛，俯首家邦耕梦想；

获得感、幸福感、安全感，十四亿民存好感，扬眉时代抖精神。

百年党庆·第二届"税务杯"楹联大赛优秀奖

富梦助民圆，促企促商，业之旺则税之富；

诚心跟党走，依章依法，征者廉而交者诚。

"梁山·春园景区·婚房"征联大赛最高奖刻挂楹联

婚房后门楹联

四时胜景宜，好宜好合；

一月新人照，长照长圆。

吴爱芹评：

此联情景交融，妙合无垠，尤其后句规则重字的运用，加强了语气，丰富了意境。读后，如见一对新人正于花前月下，情意绵绵，共度美好时光，好生羡慕！

大洋公园征联大赛入围（二等）奖

瀑布挂帘，挂出园林诗一轴；

石岩立壁，立呈山水画千屏。

"蒙城消防精神"主题征联大赛最高奖

> 蹈火赴汤，常弘庄子千秋道；
>
> 救灾抢险，不负蒙城万户人。

安徽省合肥市"安全宣传进社区"楹联书法展楹联最高奖

> 莫忘安全为第一；
>
> 当知生命乃无双。

山东省东营市法治楹联征集大赛三等奖

> 字字党章，皆是心中红日；
>
> 条条国法，更为头上青天。

第三届"生态环保美丽江苏"诗联大赛三等奖（新声）

> 青山当彩笔，绿水作长宣，禹甸自然维护篇，以廉洁来谱写；
>
> 明月是私章，艳阳为大印，江苏环境验收证，凭公正去签发！

江苏省沭阳县弘扬文明新风尚"印咸书局杯"征联大赛三等奖

题南湖街道（嵌"南湖"联）

> 怀抱清廉，捧心可鉴南湖水；
>
> 梦追远大，放眼当瞻北斗星。

江苏省沭阳县弘扬文明新风尚"印咸书局杯"征联大赛优秀奖

题十字街道

> 眼前南北东西，须分十字交叉口；
>
> 身外功名利禄，当借千秋淡泊心。

中恒建设成立40年"样式雷"楹联大赛优秀奖

匠心独具，绮梦频追，四十年建筑，功树文明，绩耀家邦，辉煌绩著中恒业；

使命已担，宏图再展，九万里连通，情融带路，名传时代，响亮名扬样式雷。

中国临沭万亩七彩百合园楹联大赛优秀奖

百合园八仙泉联

续红色基因，百合花开荣缀梦；

怀赤忱本性，八仙泉涌善滋心。

初心如莲2020年广东省中山市《荷花颂》诗联大赛楹联优秀奖

出泥不染，濯水不妖，常显中山之本色；

展叶映天，擎花映日，更怀大国以初心。

"乐耕闲读蓝溪金炫"云集生态园诗联大赛优秀奖

柿子酿春，春醉蓝溪，溪若玉流金炫彩；

花儿开福，福盈绿地，地招云集日增光。

天津市津南区咸水沽镇双拥楹联大赛优秀奖

歌功岂止于抗日抗洪？更瞧大疫关头：兵民力协；

追梦当行自拥军拥政，皆感小康路上：鱼水情连。

河北省廊坊市"崇尚科学　反对邪教"楹联大赛优秀奖（新声）

科学常秉，法治常依，邪教邪风邪必扫；
修养永增，文明永伴，正人正气正当扬。

福建省福州市仓山区梁厝楹联大赛优秀奖

亭台楼阁联（新声）
砥砺歌、奋斗歌、胜利歌，欢歌献党；
获得感、幸福感、安全感，好感随民。

"军人风采文宗节义"海内外征联大赛优秀奖

赠余俊聪先生
俊杰成名门之后，忆牢后长，战后生，千折不弯心向党；
聪明处盛世之中，看读中闲，耕中憩，九旬常健梦萦乡。

湖北省仙桃市"迎新春·促创城"春联大赛一等奖

追梦兴乡，四野耕春催布谷；
倾情献党，百年祝寿捧仙桃。

广东省佛山市顺德区第九届春联大赛最高奖

梦逐奔腾大浪潮，一帆风顺；
德行浩荡新时代，万里春和。

"墨香温州·美盈万家"春联大赛最高奖

四川省绵阳市游仙区"迈步新征程"春联大赛三等奖

> 好风万缕拨新弦,演唱春天故事;
>
> 丽日一轮钤大印,验收全面小康。

新疆维吾尔自治区"从春联走进春天"春联大赛一等奖

> 一路逆行,回春有日;
>
> 百年奋斗,造福无边。

广西环江县春联大赛县外组一等奖

> 双百年好梦初圆,全面小康,万方极乐;
>
> 十四五新图正展,春风中国,牛气环江。

注:"万方极乐"出自郭沫若题山东省济南市大明湖历下亭联。

河南省漯河市"传承汉字文化 喜迎新春佳节"楹联大赛二等奖

> 圆梦小康,鼠须毫写漯河福;
>
> 怡情大美,牛角号歌中国春。

河南省漯河市"传承汉字文化喜迎新春佳节"楹联大赛优秀奖

> 心洽漯河春与福;
>
> 梦追中国盛而强。

"荣达杯"新春联大赛二等奖

> 务实如牛,心守怀安勤与俭;
>
> 迎春若马,梦追时代富和强。

北京市顺义区第22届春联大赛优秀（二等）奖

放胆浅山，兴业纵情牛耳执；

扬眉空港，迎春追梦马蹄催。

山东省鱼台县"献瑞贺新春送福进万家"春联大赛二等奖

万里春风，埋头只管勤拉轭；

千畴时雨，种梦尤期快奋犁。

"中国年·喝习酒"第五届春联大赛三等奖

大疫及时除，功庆鼠年，习酒一杯先敬党；

小康如约至，梦圆牛岁，红联万副早迎春。

齐鲁软件园春联大赛三等奖

软件创高端，歌伟绩，庆丰功，齐鲁喜扬，又递佳音飞燕语；

名园兴大业，抱初心，担使命，中华春促，更追好梦奋牛蹄。

河北省临漳县第三届"华篷杯"春联大赛三等奖

全面小康，民圆好梦家圆福；

百年华诞，党展新图国展春。

河北省"万果红"杯第36届春联大赛三等奖

一点疫情随雪化；

十分春意共梅舒。

吉林省长春市图书馆第23届春联大赛三等奖

看燕衔春，燕曰：春自白衣妙手回，春回武汉，春回处处；
听莺唱福，莺言：福随赤子初心在，福在神州，福在家家。

广东省汕头市濠江区（赤隆）辛丑春联大赛三等奖

对句：胜景宜人，胜地呈祥，盛世神州兴盛业；
出句：辛金值岁，辛盘献瑞，新春旭日照新程。

辽宁省鞍山市"翰书康景 墨展春情"春联大赛最高奖
吉林省敦化市"百年古镇 官地放歌"诗联大赛三等奖
2022年山西省阳高县文化和旅游局春联大赛优秀奖

百寿延春，大美乡村春走秀；
五中拓福，小康时代福升华。

广西柳州市"联发杯"春联大赛优秀奖

八桂梦春朝，大美城乡春织锦；
五中描福景，小康时代福开篇。

"赵王酒杯"春联大赛优秀奖

牛蹄铃下小康印；
燕翼舒开大美春。

"无为杯"安徽省无为市春联大赛优秀奖

胜利歌、欢乐歌、奋进歌，歌大庆百年，歌讴今日皆春日；
获得感、幸福感、安全感，感小康满国，感受无为最有为。

庆祝河南省新安县荣获全国文明城市春联大赛优秀奖

　　新美添春，大美文明春走秀；

　　安康溢福，小康强盛福臻荣。

"鹏城春色满东江"春联大赛优秀奖

　　全面小康如约至；

　　百年大寿共春延。

福建省福州市文明春联年画征集大赛优秀奖

　　燕舞迎春，春日春昭大美；

　　牛耕种福，福州福溢小康。

四川省金堂县迎新春楹联大赛优秀奖

　　题金堂县金龙镇

　　玉局开春，玉鼠返回来玉燕；

　　金堂溢福，金牛奋起蓄金龙。

内蒙古商都县"辛丑贺春"征联大赛优秀奖

　　民纳小康家纳福；

　　党迎华诞国迎春。

陕西省岐山县第七届"礼仪文化之乡"春联大赛优秀奖

　　播福捧心，心守岐山仪与礼；

　　迎春追梦，梦催渭水浪和潮。

安徽电视台《第一时间》"迎牛年·赛春联"优秀奖

　　出句：梅献清馨牛献瑞；

　　对句：党迎华诞国迎春。

"阳光好春联"征集大赛优秀奖

　　阳春频焕彩；

　　事业更争光。

湖北省黄石市"鑫溢杯"第四届春联大赛优秀奖

　　鑫盛鑫兴，盛业纵情牛耳执；

　　溢春溢福，春风得意马蹄扬。

　　徐新霞评：

　　此联嵌字得体，重字工稳，用典巧妙，具有年味、我味、联味和春味，是一副难得的佳联。但联末化用孟郊"春风得意马蹄疾"诗句，将"疾"改为"扬"可酌，改为"催"呢？另，"鑫"与"兴"音近又是一憾。

2022年全国对联大赛获奖作品选

福建省"难忘下党"旅游景区征联大赛最高奖刻挂联

初心长廊联

好景宜人,人收眼底千重绿;

清风伴我,我守心头一寸丹。

张永光评:

上联写景,满眼生机;下联写情,一片赤诚。工整蕴藉,情景交融,读来自有清心悦目之感。

山东省济宁市"喜迎二十大·公交绽芳华"楹联大赛一等奖

济惠于民,公益捧春迎廿大;

宁安以国,交通乘福到千家。

吴进文评:

这是一副嵌名联,四个分句的首字顺嵌了"济宁公交"四个字,板板正正,稳稳当当。征联的主题是"喜迎二十大·公交绽芳华"。后两个分句则较好地诠释了征联主题。此联遣词造句颇为讲究，如"于民""以国"，"捧春""乘福"等，虚词运用自如，动词配合巧妙。迎春、祝福和喜庆的意蕴浓厚，是人见人爱的一副好作品，能获一等奖可谓是实至名归。

天津市"诗联歌盛会筑梦启新程"诗联大赛楹联二等奖

脱贫抗疫攻坚，事业大辉煌，最是十年功不没；
潜海登天奔月，征程新踔厉，再开百载梦尤圆。

山东省乳山市第八届"枫叶情"喜迎二十大楹联大赛二等奖

小康在握，初心在抱，好梦任民追，抒盛世豪情，快添虎翼；
大美当谋，使命当担，宏图凭党绘，蘸中华特色，巧点龙睛。

天津市宝坻区"档案颂辉煌"诗联大赛楹联二等奖

把一百年档案翻开，亿众感恩皆仰绩；
朝二十大征程迈出，九州追梦又飞歌。

山东省东营市东营区喜迎二十大征联大赛二等奖

百年伟绩有何高？中国小康，乃为回答；
廿大宏图如此美！东营新旺，即是说明。

"河和之契大河奔流"山东省暨济南市喜迎二十大楹联大赛二等奖

大道一条，通朝国梦；
丰碑廿座，矗在民心。

湖北省武汉市新洲区"问津杯"喜迎二十大楹联大赛三等奖

以人民立意，大国大文章，才自小康书结尾；

于时代抒情，新洲新曲调，又从盛会唱开头。

第二届"唐晋真元杯"楹联大赛三等奖

联题当代

续解放篇章、改革篇章、发展篇章，廿大出题，党挥梦笔书
时代；

随和谐节拍、腾飞节拍、复兴节拍，九州谱曲，民拨心弦唱
未来。

首届"炎黄杯"诗词曲联大赛楹联优秀奖

喜迎建党一百周年有感于神舟十二号发射成功

一百年正道飞歌，国致小康，又趋大美；

十二号神舟载梦，人遨天宇，更近星球。

广东省阳江市"讴歌新时代 奋进新征程"楹联大赛提名奖

脱贫抗疫攻坚，引小康而致富强，征程又启；

潜海登天奔月，催中国以兴时代，号角尤鸣。

"中国梦·深圳杯"第五届寰球诗联大赛楹联优秀奖

从一个圈，到一个湾，落笔港、深，由谁人续写春天故事？

遂千家愿，放千家胆，横琴粤、澳，任我辈连弹盛世新歌。

湖北省武汉市新洲区"廉联万家"清廉楹联大赛优秀奖

持正向公，且喜廉当第一；
视贪为疫，何愁腐不清零？

辽宁省朝阳市政协征联大赛优秀奖

台前助手，议政敞怀，以情系朝阳，有心和党照肝胆；
幕后出谋，兴乡竭智，促梦圆华夏，无意让民歌德功。

上海市楹联学会"喜迎二十大 奋进新时代"楹联征集优秀奖

百年风雨路；
廿座里程碑。

九域小康功不小；
百年新景梦尤新。

担使命而来，已迎全面小康，追梦九州，步步征程臻福境；
抱初心以奋，再启百年宏业，抒情廿大，声声号角响春雷。

题长征有感于党领人民走进新时代

句起金沙铁索，词连雪岭云崖，韵押平平仄仄枪声，问谁人领一路风骚以吟哦浪漫神奇，吟出长征诗一首？

宣铺绿地蓝天，笔蘸春潮时雨，情融淡淡浓浓景色，看我党怀千秋梦想而描绘小康大美，描成中国画千张！

　　　　　　　　　　　我的获奖诗联选

安徽省六安市罍街楹联征集最高奖刻挂联

罍中酒美宜陶醉；
街上风香任解馋。

注：本联由时任中国楹联学会会长李培隽先生书写，刻挂于六安罍街。

蔡从成评：

此联短小精悍。上下比用比兴的手法，借"酒美""风香"寓指六安罍街之人好客、景怡情，游客到此一游自然如痴如醉、流连忘返。

庆贺G3铜陵长江公铁大桥开工诗联评选楹联一等奖

八宝著辉煌，又起三桥，玉宇落虹连两岸；
一江奔浩荡，更催百业，铜都追梦奋千程。

北京市幽谷神潭景区征联活动十佳（最高）奖对句

出句：聚幽谷，观神潭，赏石刻美景，鸽子花开胜境；
对句：乐自然，感生态，沐文明和风，珙桐树顶新天。

《对联》杂志《拉网对句》第15期冠军奖

出句：千峰挤出长江水；
对句：一坝导流中国潮。

邹宗德评：

冠军对句中的"导流"与出句中的"挤出"一样，也是联眼。一语双关，亦实亦虚，导出了三峡大坝这项工程的伟大意义。

《对联》杂志《拉网对句》第16期获奖对句（二等）

　　对句：拨撩春水万潮白；
　　出句：捞捕夕阳一网红。

　　邹宗德评：

　　对句嵌入了名词"潮白"。潮白是河北流入北京的一条河流，但河流的知名度不是很高。如果从意境营造上说，这个句子还不如陈自如先生的另一个没有破机关的对句"丈量春水半篙碧"，鱼与熊掌不可兼得也。不过，以"水……碧（绿）"来对的句子太多，虽然"丈量"一词用得十分巧妙，但主体思路没能独辟蹊径。陈自如先生是联界大家，大家尚且如此，何况初学者乎？

广东省阳春市旅游景观重奖征联大赛三等奖

题东湖春晓之东湖公园生态绿道
围住春光，一条绿道如腰带；
扬开喜气，四季清湖漾酒窝。

河南大学110周年校庆对联大赛三等奖

　　百十载培才启德，广树栋梁，巍巍大学中原振；
　　双一流继往开来，长追梦想，滚滚黄河碧海奔。

公益慈善"龙都杯"征联大赛优秀奖

　　慈爱有形：形是春和日暖；
　　善心无价：价超地大天高。

黑龙江省富锦市"大锦农杯"楹联大赛优秀奖

万亩水稻公园联

于田园漫步，朝稻海舒眸，观万亩葱茏新稻苗，频添粮食安全感；

以家国为怀，让农村筑梦，愿千秋发展大农业，常谱民生幸福歌。

广东省广州市南沙区天后宫妈祖文化诗联大赛楹联优秀奖

博爱寄慈航，望海中由北斗而招，延伸带路；

真情歌善举，仰天后自南沙以立，拥抱人寰。

湖南省洞口县月溪镇管竹村楹联征集优秀奖

宜居宜业宜游地；

管竹管山管水人。

首届广东省深州市"盈亿义仓杯"诗联书法大赛楹联优秀奖

灾之以赈，惠民生使命曾担，深州义济古今德；

丰者而藏，关国计初心仍守，盈亿仓储天地怀。

"轩辕故里 盛世中华"黄帝文化在迁安诗联大赛优秀奖

五千年浪涌文明，源于黄帝；

九万里花开强盛，根自迁安。

湖南省安化县兴果村"讲老村故事　助乡村振兴"征文大赛纪念奖

是谁人描出画千张？看滩险、溪奇、花鲜、果美；
由我辈配成诗一首，咏政廉、业旺、民善、村新。

江西省上饶市广信中学"百廿芳华双甲校庆"诗联大赛优秀奖

广以培才，凭师资厚实，师道悠长，频芳桃李三千树；
信而守德，让校训传承，校风扬播，更壮春秋百廿年。

"河和之契幸福联春"山东省暨济南市楹联大赛一等奖

日伴红旗起；
春持绿码来。

"河和之契幸福联春"山东省暨济南市楹联大赛三等奖

三牛耕出域中福；
百虎闹开天下春。

江苏省南京市十三城门春联大赛三等奖悬挂联

南京太平门

金陵梅放，将绿码点开，报太平盛世；
玉宇雪飘，把红联贴出，迎和美新春。

注：本联由章剑华书写，2022年于南京太平门悬挂。

章剑华评：

我已经是第四年参与城门挂春联活动了，今年太平门春联还是很不错的，不仅有新意，还有时代感，老百姓看了会感到比较接地气，表达出了老百姓的心愿，讲出了老百姓的心里话。我很喜欢今年太平门的春联，所以再忙也乐意接受太平门春联的书写任务。因为喜爱这副春联，所以写起来得心应手，也特别认真，连续写了好几遍，感觉很好很满意。我不仅写了几副完整版的，还每一个字都单独写了一遍，追求每一个字的变化创新，既要写得美观大气，也要在文气上下功夫，力争与联语保持一致完美。

钟振振评：

"绿码"对"红联"，巧妙！意味着顺利平安。

周游评：

"绿码"对"红联"，让人爱不释手，也像是大家对新的一年的期盼——绿码点开保太平盛世。玉宇雪飘，把红联贴出迎和美新春，红红火火过大年。这副联不仅接地气，而且写出了当下老百姓的心境。

袁裕陵评：

将传统文化艺术与现实生活相互融汇！太平门是明代京城十三座城门之一，是南京的正北门。他西临覆舟山（九华山），东接富贵山，城门架在两山之间，位于玄武湖与紫金山相汇之处，是扼守紫金山通向城内最近的通道。安徽楹联家陈自如先生撰写的壬寅年太平门联，上联意为：太平门城外的梅花山，万株冲寒而放，意味着春天即将到来。人们欣喜地将手机里的绿码点开，自由地行走、生活在这太平的时光里。下联意即：在漫天飘雪，大地银装素裹之际，一副副红彤彤、喜洋洋的春联，张贴在千家万户门前，共同迎接一个和美温馨的新春到来。该联巧妙地将传统文化艺术与现实生活相互融汇，"绿码"二字，立刻将人们的思路引到当年的全国、全民抗疫斗争中去。再嵌入"太平"二字，体现了楹联创作要"切时"（春节）、"切地"（太平门）、"切事"（全民抗疫）的准则，更是楹联创作既要有"共性"又要有"个性"的艺术特征体现。此联全文词性对仗工稳："金陵"对"玉宇"、"梅放"对"雪飘"，"绿码"对"红联"、"点开"对"贴出"，"将"对"把"、"报"对"迎"，"太平"对"和美"、"盛世"对"新春"，展示了作者驾驭文字的功力。以绿码对红联，佳语天成，也成了此联被全体评委一致通过的决定性因素！

安徽卫视春晚春联征集大赛三等奖

春拥江淮，长三角展千张画；
福随时代，新百年扬万里歌。

"梅州邮政杯"新春春联大赛铜奖

春织山河，莺梭燕剪；
福行时代，虎步龙骧。

吉林省长春市图书馆第24届春联大赛三等奖

驰奔冰雪振精神，迎冬奥奏歌，登虎榜、扬虎威，北京出彩，吉林喝彩；
引领浪潮追梦想，伴春风迈步，启鹏程、展鹏翼，中国抒怀，世界开怀。

广东省汕头市濠江区（赤隆）春联大赛三等奖

出句：虎啸春新，禹甸龙腾，万象欣荣昭大壮；
对句：莺歌福旺，濠江鲤跃，千行鼎盛庆长兴。

出句：斗柄回寅，东方启泰春光美；
对句：梅花绽福，南粤臻荣喜气多。

黑龙江省绥化市"迎新春　送万福"楹联大赛三等奖

　　虎爪印梅春有信；
　　莺声穿柳福无边。

"晋泉有礼　迎春接福"关公文化研究会春联大赛三等奖

　　忠义扎根，中华大树参天立；
　　文明绽蕊，时代新春遍地铺。

"联咏金堂"四川省金堂县第二届春联大赛优秀奖

　　牛耕四季春，春涌沱江连玉带；
　　虎跃千程喜，喜盈天府闹金堂。

山西省昔阳县第9届"赞好人　学好人　做好人"楹联大赛优秀奖

　　防疫救灾，功著昔阳，好人皆把牛人做；
　　争春播福，梦圆今岁，金榜尤连虎榜登。

安徽省合肥市第26届迎春征联大赛佳作奖

　　两个争先，将牛耳执来，"五高"创建"七城"福；
　　百年致远，把虎威扬起，"万亿"延伸"八皖"春。

广西南宁市"推动移风易俗　弘扬文明新风"春联大赛优秀奖

　　承善传勤，勤以效牛，牛蹄踏雪耕春早；
　　创新扬勇，勇而如虎，虎步生风追梦先。

"东台农商银行十周年行庆春联征集"优秀奖

　　情系城乡，十载金融开玉局；
　　梦飞时代，千程喜气伴春风。

河北省邯郸市图书馆第八届"迎新春对春联"活动优秀奖

　　千片雪连千里雪，雪舞首都，雪迎冬奥；
　　五星旗映五环旗，旗扬中国，旗领春风。

山西省沁水县首届春联大赛优秀奖

　　三春好景铺，四际青山宜虎揽；
　　百载新程起，十条碧水任龙腾。

"迎新春送万福"黑龙江省绥化市楹联大赛优秀奖

　　俯首中华，务实须承牛品德；
　　扬眉时代，创新当振虎精神。

"梦圆华夏　美在南丹"第八届迎春诗联大赛优秀奖

　　出句：与世界相交、时代相通，华夏龙腾，稳行致远追新梦；
　　对句：和人民共促、城乡共拓，壬寅虎跃，奋进争先奏凯歌。

"如意甘肃·满意新华"春联大赛优秀奖

　　大党百年，犹存喜气鼓牛劲；
　　小康九域，更起春风扬虎威。

河北省张家口市"圆冬奥之梦·赴冰雪之约"春联大赛优秀奖

崇尚五环，崇尚五星，旗展冰天连雪地；

礼迎万国，礼迎万客，会开冬奥起春潮。

"云上胶州杯"春联大赛优秀奖

虎步龙骧，福延时代壮千代；

莺梭燕剪，春绣胶州荣九州。

陕西省府谷县欢度元宵楹联大赛优秀奖

虎闹上元，酣呈月夜三千彩；

龙腾中国，喜待春雷二十声。

安徽省芜湖市"小牛电动车"春联大赛优秀奖

瑞虎携春臻胜境；

小牛载福起新程。

安徽省芜湖市弋江区"迎二十大"楹联大赛入围奖

潮起长三角；

春延新百年。

公益春联全国征集活动十六副佳作之一

牛耕天下小康富；

虎闹世间中国春。

2023年全国对联大赛获奖作品选

"古城挂春联·寿春年年红"第五届春联大赛一等奖悬挂联

寿春定湖门（西门）

定世安民，赖虎帐聚贤才，谋成中国式；

湖清山美，凭兔毫濡特色，绘出寿州春。

注：本联2023年于寿春定湖门悬挂。

卢晓评：

此联的突出特点有四：一是主旨鲜明。上联意在赞美党的丰功伟绩，下联写地方党委政府在党的英明领导下，绘就一幅山美水美的中国特色社会主义新画卷。二是立意大气。能够"定世安民""谋成中国式""绘出寿州春"的只有中国共产党。三是用词创新。把六个字"中国式现代化"压缩成三个字"中国式"，既大胆，又创新，以至于后来不少联家也都使用了这个简缩的词语。四是切题、扣题。联嵌"定湖"（西门名）"虎/兔"（生肖）"寿州春"（地点、季节），此联就是为寿县定湖门量身定做的春联。

海南省陵水黎族自治县春联大赛一等奖

追绮梦而来，扶贫抗疫，兴业拓三湾，已看城乡臻福地；

展宏图以奋，守正创新，催征凭廿大，又闻号角响春雷。

今世缘首届"缘聚时刻新春团圆"春联大赛一等奖

酒可结缘圆溢福；

缘当如酒久飘香。

注："缘""圆"同音，"酒""久"同音。

张永光评：

同音如顶真，上下回环互对，全联浑然一体，别有韵味。

中国楹联学会百副新春联作品奖
中国航天春联征集活动最高奖

红联挂上太空站；

绿码点开中国春。

河北省顺平县木兰文化研究会春联征集最高奖

百年伟绩有何高？福为回答；

廿大宏图如此美！春作说明。

山西银行"迎盛世·廉万家"清廉春联大赛一等奖
山东省邹平市第三届"清风廉联"楹联大赛三等奖

防腐有良方：唯以律家常省己；

养廉无妙药，还凭勤政更亲民。

山西银行"迎盛世·廉万家"清廉春联大赛三等奖

　　勤孝诚和，四字传家珍比宝；

　　清廉正直，千秋立世美如春。

天津市宝坻区"贯彻党的二十大·携手奋进过大年"春联大赛一等奖

　　虎步迈千程，将浩气长扬，快奔时代；

　　兔毫挥一管，把春风饱蘸，大写未来。

广东省佛山市顺德区道德春联大赛最高奖

　　喜气一堂，心守家风勤、俭、孝；

　　春光万里，梦追国道富、强、和。

安徽古井贡酒"年份原浆·年三十"杯全球春联大赛二等奖

　　过节回家，乡情每共新春暖；

　　围炉把盏，年味尤随古井香。

　　韦化彪评：

　　上联说过节和新春，下联说饮酒。上联切合春天，下联切合古井。虽然表面上没有"年三十"，但实际内容包含了"年三十"。同时用"古井酒"来为"年"服务，还关照到了新春，完全符合征联题目所要求的几项内容，这是能获得大奖的主要原因。

　　张永光评：

　　乡情有温度，以家为根，随春而暖。年味飘香，围炉话旧，人未醉而心先醉。此联把年味、乡情熔于一炉，温馨美好。

江西省全南县春联大赛二等奖

吉林省长春市图书馆春联大赛三等奖

  燕剪裁春，春已纵横铺九域；

  兔毫写福，福皆颠倒挂千门。

广东省广州市石碁镇元宵节征联自撰联二等奖

  天上月圆，灶上汤圆，圆圆包满小康福；

  城间花会，乡间灯会，会会闹开中国春。

广东省广州市石碁镇元宵节征联对句联三等奖

  出句：美景良辰，花灯醉月邀君至；

  对句：欢歌笑语，谜底藏春让我猜。

湖北省"精彩中国"第44届春联大赛三等奖

  祖国倡和，梦里常呼台统一；

  人民至上，眼前尤盼福成千。

广西南宁市第二届"推动移风易俗 弘扬文明新风"春联大赛三等奖

  德效梅香，品崇雪白；

  心同春暖，梦比霞红。

"梦圆华夏 美在南丹"第9届迎春诗联大赛三等奖

  虎朝山上去，放眸山绿水蓝，一方盛世南丹美；

  兔自月中来，得意月圆花好，万里新程北斗明。

安徽省利辛县第九届春联大赛三等奖

利益归民，民怀暖比三春日；
辛勤从政，政品清如一泓泉。

内蒙古民族解放纪念馆学习二十大春联大赛三等奖

事业已兴，九域小康功最赫；
征程又启，百年新景梦尤圆。

湖北省第五届书香联萃迎新春楹联大赛三等奖

听三万言报告，句句铿锵，如响春雷如响鼓；
学二十大精神，心心激荡，欲催时雨欲催潮。

注："三万言报告"意指党的二十大报告三万多字。

江苏省邳州市"运河春华万家联"春联大赛三等奖

时代春妍，水杉银杏盈眸绿；
城乡福旺，月季桃花绽梦红。

"沱牌杯"河北省乐亭县春联大赛三等奖

燕剪新裁，裁出富强中国式；
兔毫大绘，绘成和美乐亭春。

"中国年·喝习酒"第七届春联大赛"兔飞猛进"奖

荡三万里春风，春开中国式；
扬百千家喜气，喜醉小康年。

河南省三门峡市党政机关企事业单位春联大赛优秀奖

幼儿园春联

尽心以引幼儿，既作老师，又当小友；

倾爱而培花朵，常施时雨，尤播春风。

沈酒癸卯年春联大赛优秀奖

喜过大年，贴副门联辉旭日；

欣逢盛世，开瓶沈酒醉春风。

贵州省六盘水市"保险服务暖心年"春联大赛优秀奖

虎威不减，使命不忘，保险排忧帮百姓；

兔颖常挥，初心常守，书春写福送千家。

陕西省咸阳市秦都区"礼赞二十大奋进新征程"春联大赛优秀奖

丝路续长歌，牛步奔春添虎翼；

秦都呈远略，兔毫蘸福点龙睛。

"金展珠宝广场"春联征集第四名

金龙兆喜，玉兔呈祥，祥随福到春回，喜庆安康新岁月；

展品生辉，广场溢彩，彩耀珠联璧合，辉添锦绣大乾坤。

湖南省桃江县第三届"新华杯"春联大赛优秀奖

燕剪辑三春，春呈中国式；

兔毫书百福，福拥小康年。

西樵山登山大道牌坊春联大赛优秀奖

金狮竞闹西樵，春雷廿响空间荡；
玉兔交辉北斗，富道一条天下通。

山西省昔阳县第十届"赞好人　学好人　做好人"春联大赛优秀奖

虎啸昔阳，颂新事好人，歌声阵阵；
兔衔明月，照松溪沾岭，春意浓浓。

中国固体研究所"忆往昔　展未来"春联征集采用奖

求实拓新，群体情牵固体；
迎春添福，兔年力胜虎年。

《中国财政》春联征集活动第五季优秀奖

财丰国力强，看天上舟飞，海中舰进，潮平岸阔，岁月荡春风，兔下月宫连点首；
政善民心畅，喜江南雪舞，塞北梅开，疫散霾消，河山腾瑞气，虎归山岭屡回头。

"弥图杯"新春征联优秀奖

出句：玉兔噜噜，春风燕语春花放；
对句：金龙灿灿，喜气莺歌喜报飞。

安徽省芜湖市弋江区暖民心等系列主题春联大赛入围奖

鸠落如霞，鹭飞若雪；
虎鸣镇疫，兔跃迎春。

汕头市濠江区（赤隆）癸卯新春征联活动纪念奖

出句：虎步雄风，盛会催春，兔毫挥日金铺地；

对句：鸿图远景，中华溢福，燕剪裁霞锦满天。

贵州省关岭布依族苗族自治县首届见义勇为"正气杯"诗联大赛一等奖

关公秉义，关索竭诚，已教正气千秋播；

岭外勇为，岭间善助，更让新风万里扬。

蔡从成评：

上比指关公父子"义"与"诚"之"千秋不老"，使人间的正气千秋不衰；下比指关岭内外正气浩然，在古贤的基础上更是发扬光大，成了新风尚，且成为今时家喻户晓的社会主义核心价值观。

"中国墨子文化之乡"河南省鲁山县墨子文化诗联大赛最高奖

敬仰千秋，皆瞻墨子远光那样高明，明透天间星子；

复兴百业，更感鲁山底蕴这般厚重，重如地上泰山。

蔡从成评：

上比两字"敬仰"，表达了对墨子"兼爱"思想的最高褒奖，这种"兼爱"具有"远光"与"高明"，成为后世"明透"的"星子"。下比进一步阐明今时鲁山之百业复兴，与墨子厚重的文化底蕴是一脉相承的，其文化价值"重于泰山"。这副联可以说，一气呵成，字字珠玑，多一字嫌累赘，少一字嫌不稳，还运用了比拟、顶真等多种高超艺术手法，让人眼睛一亮。造句精妙，遣词精准，此佳作也让人"敬仰千秋"也！

安徽省天长市"拥抱自然·美好千秋"征文大赛楹联一等奖

水作美笺，山作美毫，生态新题题幸福；

天为封面，地为封底，自然大著著文明。

颁奖词：

该联运用一组四个比喻的手法，土地为书，山水作笔，以山水天地为意象，表现生态自然和人类生活、文明之间的密切关联。比喻具体生动，意象优美，境界阔大。

安徽省天长市"拥抱自然·美好千秋"征文大赛楹联一等奖

万顷绿畴，种之国梦和家梦；

三条红线，系以初心与信心。

颁奖词：

"绿畴"和"红线"，"国梦""家梦"和"初心""信心"，对仗工整，既合乎本次绿色生态的征文主题，又契合当下，最能反映时代精神。

安徽省霍山县东大街牌坊楹联邀请赛入选（最高）奖刻挂联

青瓦灰墙，滨水风情今洽古；

雅居旺业，霍山印象画连诗。

蔡从成评：

此联上比将牌坊古色古香的滨水风情跃然纸上；下比赞美霍山的景致如画如诗，美不胜收。全联突出了霍山的文化底蕴，预示霍山东大街在新时代里更加绚丽多彩，让人流连忘返。

"河和之契源脉永续"第三届山东省暨济南市楹联大赛一等奖

　　绿树拥春于岸上；

　　黄河流福到天边。

江苏省丹阳市实验学校楹联征集一等奖刻挂联

　　伯韬楼联

　　三自育才，才因报国才尤贵；

　　千秋启德，德以随人德最嘉。

　　教学楼（正德楼）联

　　为赤县培才，永添特色千秋赤；

　　于丹阳启德，更守初心一寸丹。

　　教学楼（励志楼）联

　　丹桂飘香，香沁人心，心催折桂人才出；

　　阳光溢彩，彩迷我眼，眼望争光我梦飞。

"清风黄山"安徽省黄山市廉洁文化楹联展入展最高奖

　　四季看山，黄山本是绿山竿；

　　千秋吟韵，徽韵当随廉韵扬。

　　赤子奏心弦，连弹正气歌千首；

　　黄山挥梦笔，续写清风史一章。

中国楹联学会"理想·初心——中国共产党人的精神谱系"楹联书法征集大赛优秀（最高）奖

老区精神

无私奉献，不屈不挠，顽强艰苦，抒博大情怀，且看老区情未老；

有爱扶持，同心同德，务实求真，追辉煌梦想，可歌新景梦尤新。

梁石出句征对一等奖

出句：昔阳今不阳，今非昔比；

对句：无棣有多棣，有实无名。

梁石评：

无棣，山东滨州辖。棠棣，落叶灌木。此对句以"无"与"有"呈反义对仗。用灌木之阴，比病毒之阳，蕴含诗意。无名草木棠棣，开黄花结黑果，切合成语"有实无名"。

徐家万坛酒山山门抱柱对联大赛三等奖

岂只万坛？看五岳三山，又将酱酒数坛摆；

不妨千醉！愿亿朋兆客，都向徐家一醉来。

湖南省隆回县七江镇家训楹联大赛三等奖

祖训传来，是忠是孝；

家风播出，生福生春。

中国月季之乡（卧龙）月季诗联大赛楹联优秀奖

题月季

何愁风雨？岂惧雪霜？叶呈本色天天翠；

既媲李桃，又偕梅菊，花守初心月月红。

"九九龄杯"喜迎花会联动帝都企业楹联大赛优秀奖

飘香调味，称洛阳王，一并牡丹臻一品；

保健美容，兴中国醋，双传文化著双遗。

第二届"乡村振兴杯"诗联书画印大赛楹联优秀奖

路灯网线，高铁公交，崭新时代开新幕；

绣水锦山，红楼绿野，多彩乡村演彩排。

山东省德州市新园楹联作品大赛优秀奖刻挂联

造福为民，后羿精神频结果；

播春凭政，新园梦想尽开花。

注：本联由第七届中国楹联学会会长蒋有泉先生书写。

广东省阳西县贺中秋、庆国庆征联大赛优秀奖

桂馥月圆，皆歌天下福添瑞；

村新乡靓，更感阳西秋胜春。

广东省广州市石碁镇重阳节征联大赛优秀奖

出句：重阳节里思乡重；

对句：长辈恩中感爱长。

安徽省含山县法治廉洁文化诗联大赛楹联优秀奖

拒腐悬鱼，常当明镜眼前照；
行贪落马，更作警钟心上敲。

江苏省扬州市平山堂廉政教育基地讲堂楹联征集优秀奖

磊落为文，千古文光明北斗；
清廉从政，一生政品瘦西湖。

廉效欧苏，为民谋政后谋己；
贤昭今古，秉笔做文先做人。

注："欧苏"意指欧阳修、苏轼。

"永子杯"中国围棋诗词楹联大赛优秀奖

乾隆赐宝

无敌也当知：一局统全盘，以棋和最贵；
有朋皆可感：千年传永子，因御赐尤珍。

诗钟单元

局围天地千秋永；
子走星辰一路奇。

"礼赞二十大"陕西省安康市创建全国文明城市大征联入围奖

继往开来，再乘廿大展宏图，图展文明美丽；
创新守正，更让千家酬夙愿，愿酬幸福安康。

榕荫三山福聚八闽"梁章钜杯"第二届征联大赛入围奖

史编时代大文明，绿色为封面，红色为封底；

篇写人民长幸福，初心是立言，信心是立题。

"联圣钟云舫杯"第二届楹联大赛入围奖

离骚自放逐时而赋，长联自待质时而赋，第一离骚，第一长联，千秋绝唱千秋续；

屈子于昌兴世以怀，云舫于清明世以怀，无双屈子，无双云舫，九域高峰九域崇。

2024年全国对联大赛获奖作品选

"中华楹联颂浏阳""聪厨杯"第十七届春联大赛一等奖

红色播春，绿色生春，一条河淌春千里；

浏阳造福，金阳添福，两座城盈福万家。

注："一条河淌春千里"意指浏阳河。"两座城"意指浏阳主城、金阳新城"一市两城"。

吴进文评：

此联能在众多应征作品中被评委一眼看中，荣膺一等奖，我想应该与作品本身的文采过人和切时切地有关。先说一下本联的亮点所在，其上联连用三个"春"字、下联连用三个"福"字，赋予了排比句式的效果，层层递进，读来令人兴味盎然。红色绿色，不但是春天的主色调，其中红色还寓意浏阳这片红色热土和红色文化。其次，上下联的两个结句，一条河淌春千里，两座城盈福万家，更是展现出了两个生动形象的画面，使人有身在其中之感。作为春联，可谓是把新春的气息和迎春接福的喜悦气氛写到了极致，受到评委偏爱，也是情理之中的事。

中国农业银行甲辰年春联征稿大赛一等奖

　　玉燕衔春，春拥农行舒九野；
　　金龙播福，福随政策惠千家。

中国楹联学会龙年百副春联征集推荐作品
2012年元旦暨春节共享工程春联征集一等奖

　　兔搭神舟登月去；
　　龙腾盛世领春来。

中央广播电视总台春联征集百佳春联（新声）

　　全球电视同观，福连频道春开幕；
　　盛世新闻共赏，龙上头条燕主播。

中国航天春联征集大赛最高奖

　　春迎燕舞喜中国；
　　福伴龙腾惊太空。

"砚生云海·龙腾北疆"内蒙古民族解放纪念馆春联大赛特等奖

　　春拥北疆，马跃草原春遍地；
　　福随中国，龙腾云海福齐天。

广西贵港市"乡村振兴联墨飘香"春联大赛银奖

　　情怡燕语三农乐；
　　梦点龙睛百业腾。

福建省厦门市海沧区"沧江清风·廉进万家"春"廉"大赛优秀（最高）奖

心清可比沧江水；
情暖当如春日风。

安徽省滁州市"强国复兴有我·共建文明滁州"楹联大赛优秀（最高）奖

梦笔一支书幸福；
心田半亩种文明。

龙腾盛世福佑全"澄"文明江阴春联大赛三等奖

江阴南闸站
北斗亮新天，兔归月殿《翻香令》；
南风舒大地，龙领春潮《醉太平》。

陕西省宝鸡市春联大赛三等奖

万里龙行春作路；
千家燕返福开门。

安徽省第八届"福彩送福进万家"春联大赛三等奖

福从百姓心中溢；
彩在三春色上添。

安徽省合肥市第七届"推动移风易俗　弘扬时代新风"征联大赛三等奖

燕舞迎春，春从乡里连城里；
龙腾祝福，福自人家到我家。

"侨联四海同心筑梦"安徽省侨联第四届春联大赛三等奖

> 侨人也是龙人，最爱国强龙奋起；
> 游子犹同燕子，更欣春暖燕归来。

"侨聚娄东筑梦中华"江苏省太仓市首届春联大赛优秀奖

> 侨胞喜聚娄东，皆似归乡燕子；
> 华胄畅游天下，更如入海龙儿。

吉林省长春市图书馆第26届"墨承文脉 帛书嘉会"征联三等奖

> 相祈好运来天下，看日挂灯笼，霞剪窗花，五彩祥云书福字；
> 共庆新年到域中，听风传妙曲，雷扬雅韵，千声谐雨咏春联。

"中国年·喝习酒"第八届春联大赛龙吐珠玑奖

> 习水酿春，春催骏业；
> 酒花绽福，福拥龙年。

"古邑新颜"江西省玉山县"劲牌杯"楹联大赛三等奖

> 劲鼓春风，精酿三香呈劲酒；
> 名扬海宇，长持百善树名牌。

注：上下联首尾嵌"劲牌"。"三香"意指劲牌有限公司在湖北黄石、四川宜宾、贵州茅台镇分别建设清、浓、酱三香原酒酿造基地。"百善"意指劲牌有限公司"怀仁行善，共生共荣"的社会理念，先后四次荣获"中华慈善奖"。

"联咏盛世景·福满中国年"中国城墙全球春联大赛优秀奖悬挂联

西安中山门

白雪红梅，相印初心成一片；

春风旭日，平分博爱到全球。

注：本联2024年由王红武先生书写于西安中山门悬挂。

评委会（徐熙彦执笔）评：

上联以"白雪红梅"铺陈，写中国精神如白雪高洁，如红梅坚韧，让自强不息、不屈不挠的民族精神具象化，画面感十足；下联以"春风旭日"铺陈，写中国故事如春风无私、旭日普照般给世界注入生机与活力，实现了中山先生的博爱理想。全联擅用意象，借西安城门以浓浓的诗情画意讲述宏大的中国故事，十分难得。和许多佳作一样，因奖项分布的原因才屈居优秀。

"城门挂春联　南京开门红"征联大赛优秀奖悬挂联

南京中山门

晶晶洁雪，灼灼红梅，相印初心成一片；

缕缕春风，沙沙时雨，平分博爱惠千家。

"龙腾神州"江苏六城地铁挂春联大赛优秀奖悬挂联

南京元通站

泰启一元，兔返月中天祝福；

新呈万象，龙行地下路通春。

广东省"观音山杯"百联贺春征联大赛优秀奖

新疆昌吉回族自治州"非遗过大年"春联大赛最高奖

百业连弦，凤曲长弹和与美；
三春纵笔，龙章大写富而强。

湖南省"百千万"光大工程春联大赛入选奖

万户春归燕；
三湘福接龙。

河南省郑州市郑东新区白沙镇"上东里杯"春联大赛优秀奖

燕剪巧裁中国式；
龙章大写白沙春。

湖南省"新时代的春联"原创春联大赛优秀奖

福从百姓心田溢；
春在三农眼界生。

陕西省靖边县春联大赛优秀奖

腰鼓鼓春雷，春从脸上连心上；
民歌歌喜气，喜自京城到边城。

注："民歌"意指靖边的民歌《信天游》。

河北省安新县"燕赵雪瑞·雄安春华"首届春联大赛优秀奖

兔管已描盛世春，初心落款；
龙章尤写新区福，绮梦开篇。

"文明城市·乐享太平"吉林省白城市春联大赛佳作奖

    龙呈康寿福；

    燕沐太平春。

河南省汤阴县政通路小学校门春联大赛优秀奖

    政通教自兴，喜小学培才，师勤校善；

    路畅人尤奋，看新程出彩，凤翥龙飞。

"云冈杯"联咏盛世春满古都山西省大同市春联大赛优秀奖

    对句：燕舞莺歌万里春风迎新岁；

    出句：龙章凤彩四时佳气满古城。

湖北省第六届书香联萃春联大赛优秀奖

庆祝湖北省图书馆建馆120周年

    百廿年知识传扬，如施化雨春风，时时启发荆和楚；

    万千册图书阅读，似捧繁星丽日，页页翻开地与天。

安徽省郎溪县文化馆春联大赛优秀奖

    务实创新羞待兔；

    争春追福喜腾龙。

河北省井陉县"山庄皇家窖藏杯"春联大赛特别奖

    一路春风，燕返井陉惊蝶变；

    满山瑞气，鹊歌盛世喜龙飞。

广东省佛山市禅城区龙年新春联大赛优秀奖

> 粤剧调弦，喜气连天弹凤曲；
>
> 禅城铺纸，春风沿地写龙章。

湖南省邵东市法治春联征集入选奖

> 法润无声如化雨；
>
> 德行有爱若春风。

《中国对联》"龙年春联"大赛优秀奖

> 三江五岳龙盘福；
>
> 百姓千门燕舞春。

安徽省巢湖市第一中学征联最高奖刻挂联

> 起清民而立教，常思巢水润乡，务实创新，山麓河滨施化雨；
>
> 传德智以成才，不忘将军助力，求高向上，龙腾凤骞仰摇篮。

注："清民"意指巢湖一中的前身，巢湖书院历经清、中华民国两代。"山麓河滨"意指巢湖一中"一校两区（卧牛山校区、陆家河校区）"。"将军"意指李克农、冯玉祥、张治中"三将军"。

宋贞汉评：

溯渊源，切地理，明现状，强宗旨，点荣耀，巧点校风校训，紧扣教书育人，内容丰而感情满，句式错综而语意流畅，实属佳作。

"燕赵山海·公益检察"杯楹联大奖赛三等奖

> "检"以公心，心牵燕赵自然美；
>
> "察"凭慧目，目注海山生态和。

辽宁省朝阳市"法治楹联"大赛三等奖

心头三尺法；

足底万程春。

湖北省第五届"税务杯"散曲楹联大赛楹联优秀奖

庆祝中华人民共和国成立75周年

七十五年故事传奇：日出北京，潮掀南粤，站建太空，路通世界；

百千万里新风播美：富归大众，强属中华，盛圆好梦，和壮情怀。

"致敬时代 献礼国庆"安徽省楹联大赛一等奖

庆祝中华人民共和国成立75周年

飞舞嫦娥，时代扬歌登月背；

复兴华夏，江淮放胆立潮头。

疏利民评：

国庆年年有，岁岁联不同。致敬新时代，吟坛已沸腾。嫦娥频飞舞，月背露峥嵘。复兴我华夏，放胆论英雄。获奖专业户，视角迥不同。精准又恰切，联圣喜重生。

福建省模具工业协会成立40周年楹联大赛一等奖

模而为范，卅载扬歌，工匠精神仍未老；

具以成标，八闽弛誉，会员风采总非凡。

山西省平陆县庆祝中国人民政协成立75周年"同心杯"征联大赛三等奖

政以参，治以臻，与党同心，为党竭谋，肝胆已然昭日月；
协而议，商而定，助民圆梦，代民说话，情怀总是系家邦。

华夏文化促进会"礼义华夏·百人名篇诗文作品展"诗联文大赛楹联三等奖

礼传千古德；
义结五洲情。

礼承祖训家风好；
义伴人生世路宽。

礼义传家堪比宝；
文明引路胜于灯。

心行礼义心常暖；
德注文明德自馨。

礼之相洽心心福；
义者同行步步春。

步迈康庄，肩担使命；
情融礼义，怀抱初心。

不改初心，心存千古礼而义；
频追好梦，梦寄九州强且和。

礼者关情，情融梦想梦尤美；

义之传德，德润心灵心也甜。

存入心肠，礼义自能昭日月；

寄于梦想，情怀尤可壮乾坤。

礼义传家，家风家训随时在；

文明守信，信念信心与日添。

礼者启人，新时代树新风尚；

义之引我，大目标成大作为。

情系文明谐里邻，于新时代，树新风尚；

德传礼义爱家国，朝大目标，成大作为。

以德传家，已自古传忠传孝传勤传善传和传礼义；

凭心向国，更从今向上向前向美向公向正向文明。

文明大树壮参天，当因"梦"绽花，由"心"结果；

礼义长根深扎地，须以"情"培土，凭"德"施肥。

穷不馁，富不淫，言必信，行必果，捧仁慈意，存礼义心，
千古真情时代续；

弱当扶，邪当抑，美常加，正常随，持价值观，筑文明梦，
九州大德地天扬。

2024年内蒙古自治区通辽市库伦旗委统战部"春联话团结"征集大赛优秀奖

互助相容，心心凝似石榴籽；
沐春映日，梦梦绽如荞麦花。

注："荞麦花"意指内蒙古自治区通辽市库伦旗是中国荞麦文化之乡。

荞麦生春，牧业兴春，安代舞春，带路延春，春驻北疆，马踏高原春遍地；
蒙医造福，硅砂聚福，辽河淌福，镇乡溢福，福连中国，龙腾盛世福齐天。

注："安代"意指库伦旗是中国安代舞艺术之乡。"带路"意指"一带一路"。"蒙医"意指库伦旗是中国蒙医药文化之乡。"硅砂"意指库伦旗矿产资源富集，天然硅砂二氧化硅含量在90％以上。"辽河"意指库伦旗全旗境内主要有四条较大河流，即养畜牧河、新开河、铁牛河、三道洼河，均属柳河流域辽河水系。"镇乡"意指库伦旗的所有下辖地区，包括1个街道、5个镇、2个苏木、1个乡。

2024年第二届"曾都税务杯"暨"向国庆75周年献礼"全国楹联大赛优秀奖

治以初心，收以公心，七十五年心系税；
富而追梦，强而圆梦，百千万业梦兴邦。

2024年"风华二十年 土菜香万里"衡东土菜文化旅游节二十年回眸文艺作品征集大赛楹联优秀奖

土味牵情，兴七届旅游，宾朋不负衡东约；
菜香扑鼻，播千秋文化，声誉尤教世上扬。

2024年"廉韵寿川杯"诗联大赛楹联优秀奖

奉公也有私藏，每把清风明月藏于袖底；
秉正不无偏爱，总将江橹息翁爱在心头。

注："江橹"意指明代寿阳知县江橹，百姓称之为"江青天"。"息翁"意指清代"忠清亮直"的朝廷重臣祁寯藻，祁寯藻号息翁。

2024年重庆市永川区第二届廉洁文化主题红廉诗词楹联大赛楹联优秀奖

一说悬鱼，秉正谁人非喜色？
又闻落马，行廉我自不惊心。

永让福归民，民怀暖比春三月；
常凭勤从政，政品清如水一川。

2024年"三副对联说陕西"主题征联大赛优秀奖

说中国之黄河
是炎黄本色，文史源头，一万里奔流，跳动中华脉搏；
有天地情怀，古今梦想，五千年浩荡，激扬民族心声。

2024年纪念李可染先生逝世35周年诗联征稿评选35首（副）优秀作品之一（最高）奖

纪念李可染先生逝世35周年

有胆有魂，山水画坛开学派；

培才培德，昔今艺界仰宗师。

注："有胆有魂"意指李可染先生的座右铭"可贵者胆，所要者魂"。

辑二

全国诗歌诗词大赛获奖作品选

全国诗歌诗词大赛获奖作品选

七绝·订合同

　　银犁笔蘸汗花香，纸展水田长又方。

　　我把承包合同订，太阳盖下大公章。

　　1986年枞阳县文化局年度文学创作奖二等奖。发表于1986年第20期上海《采风》报、1987年5月22日安徽《富民报》。

　　周希凡1986年评：

　　读罢《订合同》，为之一震。在这首诗中，读者稍许细心就可以看到一个巨人形象，握着银犁这支笔，摊开责任田这张纸，用汗墨书写姓名，随手摘下太阳这颗大公章就盖上了。这是多么不可思议，多么大胆新奇！我们不得不叹服作者匠心独运，不得不佩服作者绝对使用了出人意料的反衬手法，如此巧妙，如此精确地表达了中国农民的志气和理想，把读者引向神话般的精神境界。我们看不出有半个文字直接描写这个巨人，而这个巨人形象经过寥寥几个意象的衬托，却栩栩如生、无与伦比了！也因此，我们却根本看不出这位巨人形象有半点被浮夸的痕迹，而这位中国巨人勤劳伟大之态在我们心中却倍加亲切且顶天立地了。毫无疑问，《订合同》具有幽深的意境和鲜明的立足点。它是浪漫主义诗歌创作的又一个丰碑，是近年来诗歌创作中难得的佳品。细读它，你会体会到它的不可估量的艺术价值和魅力。

张萍评：

该诗1986年获奖，算了一下，当时作者只有24岁，年轻的24岁诗人还是格律诗高手，真了不起！全诗立意新颖，语言优美。前后洋溢着改革开放不久后包产到户、发家致富的农民的喜悦心情。比喻手法娴熟，尤其把太阳比作大公章，形象逼真，令人过目不忘。

部队来信（新诗）

收到军邮信一封，

姑娘一看脸笑红。

娘猜问："喜的啥？

是定佳期还是他荣升？"

姑娘羞得慌，

伸手要把娘嘴蒙：

"别瞎扯，别瞎扯。"

——咬着娘耳话语轻：

"嘿，他要退伍回山村啦，

嘻，好和俺一起当民兵！"

1986年《东海民兵》年度作品奖三等奖。发表于1986年第5期《东海民兵》杂志。

花汗巾（新诗）

> 山里姑娘花汗巾，天长日久色褪清。
>
> 要问色彩哪里去？染出一片花果林。

1989年广西南国诗报社庆祝新中国成立四十周年"'刘三姐杯'全国诗歌大赛"新诗组二等奖。发表于1984年3月1日上海《采风》报。

卢晓评：

读罢此诗，眼前就会有：大山里、果林旁，一位忙碌而美丽的姑娘手拿汗巾拭汗的"意象"。这或许只是表面的意象，更深层次的"境界"则是农村姑娘响应国家号召承包荒山果林，喜获丰收。诗里的"褪色、花汗巾、染"等细节对于农村姑娘的形象塑造很是关键。

吃桂圆（儿歌）

> 大桂圆，圆又圆，妈妈盛了一大碗。
>
> 端去送给奶奶尝，奶奶吃了好补养。
>
> 我怕奶奶让给我，急忙跑到门外躲。

1990年上海采风杂志社等十家单位联办的"小骏马"全国儿歌大赛三等奖。1995年发表于《幼儿文学歌曲选》（安庆市关心下一代工作委员会编）。

蜂歌（歌词）

> 桃花李花菜花开，蜜蜂儿伴着春风采。问一声：春从哪里来？蜂歌声声唱酿蜜——你酿着情，我酿着爱，香了山里，甜了山外。时时酿蜜春便在。

桃花李花菜花开，放蜂人追着春风来。问一声：春为何不老？蜂歌声声唱奉献——你奉献情，我奉献爱，香了生活，甜了时代。人人奉献春常在！

1991年江苏昆山市第二届"金城杯"全国歌词大赛优秀奖。本歌词由作曲家华锦玉谱曲，发表于2024年5月15日《石路花语》微刊。

张萍评：

陈老师多才多艺，也很时尚，早在1991年歌词就已获奖。因歌词已谱曲，我在试唱时认真学习了几遍，感觉歌词很美，诗韵悠悠，情意浓浓，借用蜂之语，赞美了春天，更歌颂了新时代勤劳奉献的人们。

我也跟着爸妈走（儿歌）

支援灾区建家园，我家忙着去捐献。

爸爸掏出存款单，妈妈抱着羊毛毯。

我也跟着爸妈走，手中捧个储蓄罐。

1991年上海采风杂志社等十家单位联办的"小山羊"全国儿歌大赛三等奖。本歌词由作曲家朱良镇谱曲，发表于1992年第1期上海《多来咪》杂志，1995年发表于《幼儿文学歌曲选》（安庆市关心下一代工作委员会编）。

望（儿歌）

小手儿，对眼睛。

捏成空心拳，当作望远镜。

——望呀望，望呀望，

望望北京天安门。

1993年安徽省"保险杯"幼儿文学、幼儿歌曲创作评奖活动三等奖。1995年发表于《幼儿文学歌曲选》（安庆市关心下一代工作委员会编）。

唱歌（儿歌）

小鸟唱歌：喳喳喳……小青蛙唱歌：呱呱呱……

小河唱歌：哗哗哗……小雨儿唱歌：沙沙沙……

风儿唱歌：呼啦啦……娃娃们唱歌：娃哈哈……

1993年安徽省"保险杯"幼儿文学、幼儿歌曲创作评奖活动三等奖。1995年发表于《幼儿文学歌曲选》（安庆市关心下一代工作委员会编）。

小苗苗（儿歌）

风儿风儿摇一摇，我来扶扶小树苗。

太阳太阳晒一晒，我来浇浇小树苗。

我和小树一齐长，爷爷叫我小苗苗！

2017年甘肃省天水市"践行社会主义核心价值观文艺作品大赛"儿童文学组三等奖。

七绝·纪念岳飞诞辰900周年感赋

终看正气世间崇，时代不同情自同。

抗日援朝战非典，人皆爱唱《满江红》。

2003年"纪念岳飞诞辰900周年"中华诗词创作大赛最高荣誉奖。

七绝·赏莲有感

青天碧水一荷塘，花沐清风映日光。
从政当从莲品质，污泥不染自芬芳。

2013年上海市车墩镇"清风杯"廉政文化作品全国创作大赛诗词一等奖。

七律·2015（乙未）羊年书写春联有感（新韵）

盛世正逢迎大年，羊毫又秉气昂轩。
墨花研起浪掀海，红纸铺开霞染天。
直对精题华夏梦，横批宏写价值观。
千般快意春风寄，一笑融于万户欢。

2015年中共中央宣传部、光明日报社、中央电视台、中国网络电视台联合举办"书写核心价值·送您平安吉祥"全国新春诗词歌赋大赛二等奖。

芳华评：

时代气盈盈，正能量满满。起承转合，自然顺畅。写意夸张不觉有隔，对仗工稳可堪细玩。

蔡从成评：

此诗由书写春联而联想到践行社会主义核心价值观。尤其是尾联春风寄意"一笑融于万户欢"等等，既反映了中国梦的香甜，又展示了中国大地一派和和美美、欢欢乐乐迎大年的热闹景象，突出了"书写核心价值·送您平安吉祥"的主题。

七绝·民声

秉公只许为民谋，执政当思民所求。

若问民声何最大？从来腐败不容留！

2015年陕西省户县"沣京杯"反腐倡廉全国诗词楹联大赛诗词三等奖。

七律·铜陵市立医院50周年院庆感赋

情系城乡健与康，五旬风雨不寻常。

热心播福福千户，妙手回春春八方。

关爱病人传友善，弘扬医道铸辉煌。

铜都且庆市医立，筑梦尤书锦绣章。

2017年铜陵市立医院50周年院庆征文大赛一等奖。

五律·铜陵市立医院50周年院庆有感

一从医院立，便有惠城乡。

妙术凭科学，良方保健康。

铜都情共洽，玉宇德同扬。

五秩犹堪慰，初心总未忘。

2017年铜陵市立医院50周年院庆征文大赛二等奖。

院庆放歌（古风）

征程回首忆铜陵，几家病痛苦呻吟。

一自工人医院建，忧愁烦恼便无踪。

门诊室内诊断准，住院部中手术精。

医疗器械高科技，既治犹防断病根。

医生看问多关爱，护士手巧又心灵。

绿树鲜花春满院，住院如同在家中。

疑难杂症频治愈，城市乡村保康宁。

市立医院雄续起，实至名归一流臻。

管理有方廉且洁，员工无怨恳而勤。

全面医保全享福，共筑国梦共争荣。

五十年来多奉献，五十年后更奉行。

院庆当前相勉励：不忘初心为人民！

2017年铜陵市立医院50周年院庆征文大赛三等奖。

诗吟种子韵尤香（古风）

爱酒人生回味长，好多美酒总难忘。

若问酒美何为最？心头种子更优良。

曾记当年建新房，上梁酒席满华堂。

桌桌飘香金种子，惹得亲朋尽赞扬。

儿子迎亲接新娘，喜酒选来几十箱。

箱箱种子箱箱喜，饮醉满堂喜洋洋。

女儿高考上大学，亲戚四邻贺喜忙。

待客问宾饮何酒？个个笑答种子强。

种子美酒美包装，逢年过节更增光。

拜年访友当礼送，人人见了爱品尝。

我爱时常把酒饮，只斟种子没商量。

色香味美美中美，饮得餐餐喜欲狂。

一瓶斟出滴琼浆，一口品来润胸膛。

闻香香引四邻爱，万户同斟醉八方。

今逢种子征文赛，爱酒人皆表衷肠。

我斟种子寻诗韵，诗吟美酒韵尤香！

2017年"我与金种子酒"全国征文大赛诗词三等奖。

七绝·人民英雄纪念碑

豪气长存伟绩传，丰碑高耸顶蓝天。

宛如偌大磨刀石，砥砺中华信念坚。

2017年"中国梦·赶考行"河北省第四期全国诗词楹联大赛诗词三等奖。发表于2018年12月6日《铜陵日报》副刊。

柯其正评：

此绝堪称上乘绝句，作者取象立境壮伟贴切，寓奇于平，创造了高拔雄峻的气格之境。如"顶蓝天"意在象外，包蕴深广，功勋至伟之意尽囊其中。"偌大磨刀石"赋予诗境以雄厚深沉的力量之美、精神之美和境界之美，使人民英雄的外在功高与内涵气骨在象喻概括中相映生辉，读品之余当能发人深思，震撼灵魂。

高建明评：

格律诗功夫稳健，用词流畅大气，"蓝天"一词说出全中国人民心中对人民英雄纪念碑的真挚情怀；丰碑如磨刀石，形容砥砺中华信念坚，恰到好处；一个关键字"顶"把纪念碑写成了最有分量的盖章。入心！正能量之作！

蔡从成评：

该诗转句中"磨刀石"比喻得好，它就是英烈们用鲜血凝聚的磨刀石。这个"磨刀石"犹如大风大浪中为人民而牺牲的英烈们的灵魂，如高耸丰碑，如冲天火炬，如擎天巨笔，永远砥砺着中华民族屹立于世界东方的坚强不屈的信念。

七绝·学法

天边淡淡半轮月，案上明明一盏灯。

我把法章沿句学，心头红日正升腾。

2017年福建省晋江市"大美晋江·法治同行"全国诗词、楹联、歌谣大赛诗词佳作奖。2022年首届"华商杯"全国诗词散文大赛诗词优秀奖。

听课（民歌）

叼着香烟忘点火，端起茶杯忘了喝。

啥叫大伯入了迷？原来是在听广播——

电台在讲法治课。

2017年福建省晋江市"大美晋江·法治同行"全国诗词、楹联、歌谣大赛歌谣佳作奖。发表于1987年8月29日总第492期《安徽科技报》、1988年第6期总第49期《三月三》。

七绝·初心

一若太阳升出山，要将温暖播人间。

纵经雨洗乌云染，依旧鲜红不改颜。

2018年湖北省咸丰县"宣传十九大·诗联进万家"全国诗词大赛优秀奖。

七绝·春游南丹

桃红李白菜花黄，人海融于花海洋。
我爱南丹花斗艳，尤欣笑脸一张张。

2018年第四届"梦圆华夏·美在南丹"全国迎春诗联大赛诗词优秀奖。

七律·七秩放歌

一语人民站起来，九州从此响春雷。
倡廉秉正金瓯固，致富图强玉局开。
带路铺霞连海上，嫦娥奔月越天垓。
复兴时代新航启，追梦频闻号角催。

2019年"'玲珑王杯'歌唱祖国礼赞桂东"庆祝新中国成立七十周年全国诗词大赛优秀奖。2019年井冈山颂歌——庆祝新中国成立七十周年全国诗词楹联大赛诗词优秀奖。

七绝·庚子清明瞻仰烈士墓碑（通韵）

清明祭扫泪花飞，抗疫捐躯功自巍。
瞻仰陵园怀烈士，又添多少顶天碑！

2020年"清明颂·家国梦"第四届原创诗歌大赛一等奖。

柯其正评：

此绝句以质朴的语言表达了对烈士的浓重哀祭和崇敬。首句即为诗境笼罩了悲哀氛围，继而以"巍"字韵为"泪花飞"做了坚定有力的注脚，功比泰山，巍然屹立在人民心中。转结顺势铺陈，以"又添"递进句式，将抗疫烈士放在历史的时空中考量，用副词"多少"强化修饰意象词"顶天碑"，塑造了一批功同先烈的抗疫烈士群体的崇高形象，能给读者以强烈的视觉冲击和心灵震撼。其中"巍"字与"顶天碑"意蕴似重而不觉重，给人以强调、加深之味。作品表达真挚，体悟深旷，笔力千钧，无愧于祭奠和礼赞抗疫烈士的模范佳作！

七绝·姚西莲花景区赏莲

花红荷绿向天呈，香溢姚西风溢清。

我仅一闻兼一赏，便能品味到终生。

2020年"启力杯"中国·广昌莲花景区全国诗词大赛三等奖。发表于2024年第3期（总第79期）《楹联博览》。

王十二评：

一闻者，香溢碧波风溢清；一赏者，花红叶绿向天呈。爱莲者，只消一闻一赏，便可品味终生，不改其志也。

孔梅评：

此绝颇得绝句之神韵，特别是转结句中"一闻一赏便能品味终生"。作品虽戛然而止，却引起了袅袅不绝的余音。

七绝·春游

绿染山川青染畴，城新乡靓悦人眸。

观光知向何方去？一路春风作导游。

2020年"潍坊恒阳环保杯"诗词大赛三等奖。2021年敦化市"百年古镇官地放歌"全国诗联大赛诗词三等奖。2021年第八届中外诗歌诗词大赛传统诗词一等奖。

高建明评：

通过题目，即可知此诗乃通过春游寄情。用春风作导游，妙不可言。而且用"一路"这个看起来很平常的词汇，把现代城乡的巨大变化用绿、青两字一概而括，由此引发多看几遍的情愫，改变以往的思绪流程。

蔡从成评：

该诗结句"春风"是诗眼，使整篇诗的意韵升华。此"春风"不仅是春意盎然，而且是环境优美，突出了人们的环保意识，更是这个赛事的主题。

七绝·青丝

抗疫驰援任路遥，白衣不惜发飘飘。

无情一剪深情落，长出春风柳万条。

2020年第二届"金鸽诗词诗歌全球大赛"诗词一等奖。发表于2024年第3期（总第79期）《楹联博览》。

于娜评：

《文心雕龙》曰："人禀七情，应物斯感，感物吟志，莫非自然。"此诗可见也。诗人独具匠心，借"青丝"这一最普通之物，写出了抗疫天使们舍小家为大家，敢于赴死的大无畏精神。体被文质，卓尔不群。

高建明评：

用一目十行的习惯看这首七绝是大错而特错，这首诗犹如"步步高"歌曲，一句一个台阶，尤其转合精彩，不按常理出牌，新鲜感十足，跳出了一般人的用词轨道。抗疫这类体裁的诗易写成口号式，这首诗表现了诗歌应有的形式，以"青丝"切入，展开，收口，绝！"青丝"始终贯穿着一股精神，身边多少白衣战士为了救死扶伤倒下了，她们偏向虎山行，"发飘飘"蔑视一切艰难险阻，大义凛然的姿态，然后"无情一剪深情落"的英雄壮举，"长出春风柳万条"的模样，正像毛泽东诗中所描述的"春风杨柳万千条，六亿神州尽舜尧"的欣欣向荣的景象。总之，这篇抗疫诗词有说服力，有烙印感，有见证感。

张萍评：

《青丝》题目就很吸引人，肯定是写一位年轻美女。果不其然，是歌颂一位青年白衣天使。首二句描写参加抗疫长发飘飘的美女护士，铺垫充分。转句写为了方便救治患者，护士不惜剃光头发，一个美女变成光头，这需要何等的勇气？何等的担当？何等的境界？千言万语不如一个行动，"无情一剪"其实是"有情一剪"，细节描写感人肺腑。结句"长出春风柳万条"，顺理成章地升华。青丝就像春风吹开花，吹动柳，吹向千家，吹向患者。我作为陈自如老师的学生，特别欣赏陈老师的诗词和对联，尤其是他的写作手法和风格，他的诗联语言优美，构思巧妙，善于创新，时代感极强，满满正能量。据我所知，陈老师第一次公开发表诗词时，只有十六岁，第一次参加全国性诗歌大赛获一等奖时仅二十五岁，第一次在全国楹联大赛中获一等奖时三十岁。诗词对联齐头并进，起步早，造诣深，从小对诗联就有浓厚的兴趣，吃饭走路聊天都是诗联，真可谓借杜甫话说"诗联是陈家事"了。他的获全国大奖的诗词如《回访》《杏花村》《蹲点书记》《咏荷》等均美不胜收，还有一千五百余副获奖对联更是令人惊叹仰止！《青丝》只是陈老师诸多获大奖诗词中的一首。

七绝·有感于参与火神山医院建设的农民工拒领工资（通韵）

往岁打工期领薪，今朝偏却拒酬金。

最知国难民当助，大爱如山壮火神。

2020年第二届"方太杯"慈溪市乡贤文化全国诗歌大赛优秀奖（之三）。

七绝·闻白衣天使赴武汉前剪掉长发感吟

白衣人美更情真，一剪剪开千里春。

缕缕青丝飘汉口，拧成绳索缚瘟神。

2020年第二届"方太杯"慈溪市乡贤文化全国诗歌大赛优秀奖（之四）。发表于2020年2月28日《枞阳新闻·副刊》、2021年8月作家出版社出版的《中国战疫诗》。

七绝·游义乌湿地公园

花香草绿柳含情，湿地游来趣自呈。

正欲题诗寻韵脚，忽闻鹭叫两三声。

2020年第二届"善爱杯"全国新古体诗大赛"最佳新古体诗创作奖"（之一）。

巩超评：

以清新明快的语言，从视觉、嗅觉、听觉全方位呈现"游"之愉悦。其转结句"鹭声"对全诗氛围极具提振作用。

七绝·小山村

田边楼宇彩云拖，网线路灯连出坡。

游客时常笑相问：谁移城市到山窝？

2020年第二届"善爱杯"全国新古体诗大赛"最佳新古体诗创作奖"（之二）。发表于2024年第4期（总第302期）《中华诗词》。

巩超评：

小山村人居环境，不用重笔正面描述，而间接地通过客人笑问表达出来，实属高妙，更见余味。

七绝·放学归来

桃李经春花满枝，夕阳红映牖前池。

小孙放学无功课，闲伴爷爷咏古诗。

2020年第二届"善爱杯"全国新古体诗大赛"最佳新古体诗创作奖"（之三）。

巩超评：

此诗如画，画中有"闲"，闲中有"乐"。

七绝·杏花村

缕缕清香淡淡风，杏花村里韵无穷。

为迎天下诗人到，真想当回小牧童。

2021年第二届"杜牧诗歌奖"全国诗歌大赛古典诗歌奖提名奖。

王十二评：

此杏花村是杜牧《清明》诗中"牧童遥指"的杏花村，在安徽池州。自杜牧诗一出，千百年来引得无数诗人唱和，只言一景、一物、一事者众，直接以村名为诗题的不多，好诗更是寥寥。此诗以《杏花村》为题，足见作者对于本首诗的信心。首句"缕缕清香淡淡风"用到两个叠词，增加诗歌的音乐性，并从嗅觉和触觉两方面暗写出对"杏花"的美好感受。次句"杏花村里韵无穷"则是明写杏花村是千古诗村，诗多到数不胜数。三、四句"为迎天下诗人到，真想当回小牧童"另起炉灶，用杜牧诗典无痕，真神来之笔，妙到毫巅，可谓当今杏花村宣传广告诗中最好的一句！

七绝·秋荷

秋风一过叶难全，仍有心中绿梦圆。

漫道洁廉唯自守，也曾朱笔点青天。

2021年"初心如莲——2020年中山市《荷花颂》全国诗词楹联大赛"诗词优秀奖。发表于2024年第3期（总第79期）《楹联博览》。

柯其正评：

此绝句为咏物诗。作者深谙咏物三昧，在"秋荷"意象中呈现了生命的可贵品格和境界。起承揭示了叶老色枯，也存圆绿之梦。"绿梦圆"意象发散，耐人咀嚼。转结宕开笔意，有警醒之意，也有乐对盛衰之味，"也曾朱笔点青天"堪为妙笔，令人过目不忘。作品虽状秋荷，但无颓废之气，因有绿、朱、青颜色词参与，呈现出一幅色彩明丽、清空淡雅的画面，诗人之情趣可知矣！

七绝·给娘捶背（通韵）

轻敲只感不随心，使劲捶来又怕沉。

复似儿时娘训我，打为假意爱为真。

2021年邹城市"鑫琦杯"中华孝善文化全国诗词楹联大赛诗词优秀奖。

王力评：

一扫近年来有些诗词作者动不动就描摹七十岁老头在九十岁父母面前装嫩撒娇之习气。一、二句写给娘捶背的微妙心情，用力大了不行，娘岁数大了；用力小了也不行，舒适度不够；充分体现了孝子之心，而两种心情对称，就形成建筑平衡美。三、四句突然转到童年时母亲对自己又管束严格又疼爱有加的心情，同样形成建筑平衡美。神奇的是已经形成各自平衡系统的起承句与转结句又密切相关，互为反证，构成了坚实细密的唯美情感建筑，大对称里包含着小对称，建筑里栖息着深深的母子之爱。这样的好诗保护着这样的真情，美甚。

七绝·夜读

绿纱窗外月巡天，习习清风拂案前。

灯下重温党宗旨，一轮红日出心田。

2021年"百年荣光伟大梦想"庆祝建党百年暨南昌市谷雨诗会全国诗歌诗词大赛优秀奖。2021年敦化市庆祝中国共产党成立100周年全国诗词楹联大赛诗词优秀奖。

七绝·家教（通韵）

常对家人说以前，翻身思本富思源。

我教儿女党教我，宗旨初心代代传。

2021年"百年华诞　红动西樵"庆祝建党100周年全国诗联大赛诗词二等奖。

七绝·贺诗

小康在握美滋滋，大庆百年民献词：

十四五图铺出画，崭新时代配成诗。

2021年"百年华诞　红动西樵"庆祝建党100周年全国诗联大赛诗词二等奖。

七绝·寿礼

一颗初心似太阳，人民爱党党如娘。

百年寿祝呈何礼？捧出九州全小康。

2021年"东夷·子曰杯"庆祝建党100周年全国诗联大赛诗词二等奖。

评委会评：

看似平铺直叙，实则直奔主题。一句话"党如娘"道出了亿万人民的心声！

七绝 · 回访

秦岭寒梅斗雪开，新村靓野玉无埃。

支书回访脱贫户，一路春沿脚印来。

2021年"大秦岭·中国脊梁"全国原创格律诗词大赛三等奖。发表于2024年第3期（总第79期）《楹联博览》。

项文谟评：

好！干群同德兹回访。精彩！一路春沿脚印来！

蔡从成评：

此诗的诗眼，是"春"字，与作者2022年获首届深圳"助残杯"全国诗词大赛三等奖的《脚印》一诗有异曲同工之妙。

七绝 · 东屏湖

三面环山荡碧波，鹭嬉岛屿满湖歌。

润滋溧水周边稔，笑出南京一酒窝。

2021年"晶桥杯""诗意溧水"南京溧水区第六届全国诗词大赛三等奖。2022年首届"炎黄杯"诗词曲联全国大赛诗类三等奖。

沈煜评：

以景抒情，状物言趣，透过歌咏优美的生态环境和人与自然和谐相处，道出了时代之声和六朝古都的魅力，彰显江南胜迹特有的韵味。起承转合，要诀娴熟；抒情达意，用笔俏皮。"笑出南京一酒窝"，出新、出彩！

芳华评：

动静相宜，声色相谐。岂独形象之美，更兼润泽之利。结句出彩，让人会心莞尔，不忍释卷。

蔡从成评：

结句出彩，因为湖碧、鹭嬉，环境幽美，促进了周边经济的发展与繁荣，大家能不笑吗？

七绝·导游

南湖牛渚小桥头，韵溢徽风涌客流。

最爱宏村老书记，依然义务导人游。

2021年第五届"宏村诗会"全国诗词大赛鼓励奖。

七绝·留守妇

外出打工夫正忙，中秋依旧不回乡。

小儿未懂妈心事，又念床前明月光。

2021年《茂名日报》副刊中心、茂名市电白区文联、葵园诗声联合举办"贺中秋　庆国庆"全国诗词大赛二等奖。发表于2022年第6期（总第280期）《中华诗词》、2024年第3期（总第79期）《楹联博览》。

汪奇圣评：

写诗多以意新语工为上。意有高下之分，语有精芜之别。李白的《静夜思》，寥寥数语，写尽游子对故乡的思念，意不在玄深而在真情，语不在雅致而在精准。陈自如先生这首《留守妇》可以当之。值得注意的是，李诗借"明月光"寄托游子的思乡情愫，陈诗则反过来用"明月光"寄托闺妇对远人的思念。原来他化用了李诗的典故，赋予了全新的意义。这就给了我们在传统诗词的创作上如何继承和创新以启发。贤哉，陈子！

王力评：

尾句则点到为止，让人怪小儿又不是，不怪小儿又不是，产生一种酸涩的幽默感，比"打起黄莺儿"更切之。

王十二评：

好诗！现实主义题材不好作，一般流于说教或者太呆板无趣。一句李白诗，让小儿、思妇、打工夫三者巧妙连接在一起，给读者无限遐想。

七绝·村姑

不忘生长在村庄，尤爱城中靓丽裳。

年首打工年尾返，总将时尚带回乡。

2021年第五届"吉林·陈家店'黄龙府杯''三农'主题全国原创诗词大赛"优秀奖。

七绝·山村如画（通韵）

村连山涧树连排，一若丹青水墨栽。

只恐画图污渍染，白云日日跑来揩。

2021年第五届"吉林·陈家店'黄龙府杯''三农'主题全国原创诗词大赛"优秀奖。

七绝·咏醴丰麦酒二首

韵溢麦香长酿春，醴丰美酒最甘醇。

养生益寿生奇效，荣列千家席上珍。

情融山水好风光，酒酿醴丰名远扬。

斟得养生春一盏，麦香入口梦尤香。

2021年"醴丰杯"第二届全国诗词大赛优胜奖。

七律·辛丑端午感怀

喜溢千家祈吉祥，今年端午不寻常。

小康全面意皆惬，大党百龄功最彰。

剑似菖蒲添正气，药如艾叶发奇香。

回春妙有经纶手，定保中华福泰昌。

2021年献县第四届端午文化节全国诗联大赛诗词优秀奖。

七律·庆祝中国共产党成立100周年

一百年来砥砺行，锤镰挥舞奋群英。

井冈火播燎原旺，窑洞灯燃指路明。

旗举北京辉日月，潮掀南海激乡城。

小康已达初心在，追梦尤添万里情。

2021年山东省诗词学会庆祝中国共产党成立100周年全国诗词大赛
优秀奖。

七律·党旗（新韵）

染沾先烈血鲜红，镶嵌锤镰映日升。

焕彩三中昭特色，添光百载证初衷。

高扬战疫九州志，长续脱贫千里情。

更自小康追梦远，崭新时代领飞腾。

2021年庆祝中国共产党成立100周年山东省寿光市全国诗词大赛优秀奖。

沁园春·红船颂

一百年前，一镜南湖，一缕灯光。忆红船启碇，不惊雾重；碧波推桨，何惧风狂？驶向长征，通朝延水，引领工农闹武装。锤镰奋，播燎原星火，点亮东方。

三中舵转帆扬，促开放、潮掀城与乡。看军强民富，清平有象；港归澳返，带路无疆。抗疫驱贫，攻坚决胜，国梦欣圆全小康。新时代，秉初心使命，更达辉煌。

2021年"浭酒杯"庆祝中国共产党成立100周年全国诗词大赛二等奖。2022年天津市宝坻区"喜迎二十大档案颂辉煌"诗联大赛诗词二等奖。2022年"诗以咏志·畅想未来"江苏省宿迁市宿豫区全国诗词楹联大赛词类二等奖。

五绝·《离骚》

忧国声声咏，民情共激扬。

千秋惊叹号，落作汨罗长！

2022年广东省阳江市阳东区"一问杯"我们的节日端午全国诗词大赛优秀奖。

七绝·咏荷

不似浮萍随浪迁，缘因根向底层延。

一花擎起一红日，万叶撑开万绿天。

2022年"莲表初心——2021年中山市《荷花颂》全国诗词楹联大赛"诗组一等奖。发表于2024年第3期（总第79期）《楹联博览》。

卢冷夫评：

这首咏物寄意的七绝简洁含蓄，回味悠长，兼具性灵、境界、哲理和神韵。首二句便见铮铮风骨，个性全出。后二句中花、叶可比诗人之心，意象传神；且连用叠字，使得形象更生动，情景更交融。

张萍评：

陈老师的《咏荷》句句经典。首句"不似浮萍随浪迁"，荷也在水中，不像浮萍随波逐流，是什么原因？承句紧接着回答："缘因根向底层延。"因为它有根，扎根底层且向底层伸延，有定力。简单两句把荷的特点描写得淋漓尽致，挪动不得。为转句铺垫，就像体育跳高，承句是起跳前的助跑。七绝首句体现格局，承句体现基本功，基础不牢则地动山摇。"底层延"三个字是全诗脉搏，具有生命力。转结"一花擎起一红日，万叶撑开万绿天"。此两句是对联形式的诗句，工整又形象，运用比喻和夸张手法，直截了当。荷花就是一轮红日，绿叶就是碧绿高天，不像杨万里的"接天莲叶无穷碧，映日荷花别样红"。杨万里诗写荷花被红日映红、莲叶接上了天，陈老师诗写荷花就是红日、绿叶铺开了天。相比之下，陈老师的想象更丰富、更大胆、更神奇，读来更痛快淋漓，美轮美奂。整诗一气呵成，如行云流水，诗意浓浓，转句体现高度，结句体现出彩度。陈老师诗尾二句，出新出彩，表面写荷，实际是歌颂好公仆深入底层、扎根底层为人民谋福利；共产党就是一轮红日，就是万绿之天。这里的"绿"还是"绿水青山就是金山银山"的象征，给人以美丽无边的想象。全诗时代感强，含量丰富，有压倒古今一切咏荷诗佳作之气势。

七律·铁路护路安全咏

> 文明关岭著辉煌，四季列车千里祥。
>
> 霞落城乡铺轨道，虹连山水架桥梁。
>
> 及时保护初心守，依法宣传美德扬。
>
> 且与安全签个约，一轮红日盖公章。

2022年贵州省关岭布依族苗族自治县首届"5·26铁路护路杯"全国诗联大赛诗词一等奖。发表于2024年第3期（总第79期）《楹联博览》。

姚东红评：

安全重于泰山。生命至上，安全第一，防患于未然是人人应该养成的良好习惯。作者用灵动的诗句有力地宣传了铁路养护工作的重要性，不动声色地赞美了护路工的职业操守和安全意识，正能量满满，值得推崇。"且与安全签个约，一轮红日盖公章"，乃精华出彩之句。

项文谟评：

佳妙！天地悠悠签大约。妙高！一轮红日盖公章！

蔡从成评：

此诗"霞落城乡""虹连山水"明确了具体行业，而与安全签约、红日盖章才是真正突出了诗作的主旨。该诗运用比兴之手法，集叙事与褒扬于一体，层层深入，遣词灵动，对仗工稳，尤具时代新意。

芳华评：

虹连山水，妙咏安全。红日为印，初心如磐。想象奇特，令人拍案！

七绝·蹲点书记

帮栽柿枣进山沟，春日下乡忙到秋。

最喜开颜坡上望，初心红了满枝头。

2022年第三届天津"周汝昌杯"古体诗词大赛最佳作品奖（一等奖）。2022年"喜庆二十大建功新时代"第二届"晴雨耘"杯诗联大赛二等奖。2022年河北省曲阳县"喜迎二十大谱写新时代"征文大赛诗词三等奖。2022年湖北省咸宁市文联第四届"美丽中国·乡村振兴"全国诗歌邀请赛优秀奖。2023年中华妈祖文化交流协会"喜迎二十大·为党增光辉"全国诗联颂党恩作品征集大赛诗词三等奖。2023年入选河北省青县上伍乡小许庄诗词广场诗词嵌刻。发表于2024年第3期（总第79期）《楹联博览》。

宋彩霞评：

此诗为蹲点书记歌赞，起承二句自然铺垫到位，转合也很自然朴实，亮点在尾句"初心红了满枝头"，婉转求之的警句，来之不易，没有刻意拔高，而高度却在。

沈煜评：

从细微处（种枣栽柿）入手，咏出脱贫攻坚之大课题，生动形象。小而精、精而妙，构思奇特，独具匠心。最喜结句乃点睛之笔，颇耐回味。

谢启平评：

诗人选"柿""枣"为意象，以"春—秋"承载，寓意深刻。春种秋收，春绿秋红，红的是"柿、枣"，红的是蹲点书记的心，永远不改的是蹲点书记的初心。

七律·G3铜陵长江公铁大桥开工志喜

名扬八宝古今骄，又喜架通公铁桥。

玉局宏开连富路，铜都奋起涌春潮。

赏观南北皆尤美，来去城乡不再遥。

时代新程追好梦，一江跨越总催超。

2022年庆贺G3铜陵长江公铁大桥开工诗联作品评选一等奖。发表于2022年1月15日《铜陵日报》第四版、2024年第3期（总第79期）《楹联博览》。

芳华评：

新词入古诗而无俗气，志喜催追梦更有余音，非身居此地、心有所系而不能也。

七绝·蒙阴旧寨桃花节感吟

千枝万朵绽春光，旧寨风舒遍地香。

更喜游人抓拍景，桃花和我又同框。

2022年"桃源胜境·旧寨新诗"山东省蒙阴县旧寨乡第十九届桃花节全国诗词大赛二等奖。

七绝·见孙背乘法口诀感忆童年

五十年前我也精，三三得九背连声。

可嗟这本人生账，到老仍然未算清。

2022年广东省珠江市第七届"珠江月杯"三月三诗歌节全国传统诗词大赛二等奖。发表于2024年第3期（总第79期）《楹联博览》。

孙群评：

借物咏怀，同君一叹者，不知凡几，历经沧桑所感，极易引人共鸣。此诗前二句追忆，口诀术语用得自然，很容易勾人回忆。

七绝·一位自然资源和规划管理员的自述

沿村规划细宣传，管理资源护自然。

红线牵于耕地上，一头系在我心田。

2022年安徽省太湖县"党旗红·资规好——守红线·护耕地"诗词大赛二等奖（一等奖空缺）。

麦未黄评：

用"衣冠简朴古风存"来形容这首诗恰如其分。以平白语，发心中情，壮心中意，整首诗语言简练，意境深远，一"细"一"系"间，既展现了自然资源和规划管理员的职责与担当，又表达了他们对自然资源的热爱与敬畏之情。

于娜评：

一根红线将一位普通敬业的管理员写得那么深刻。将与诗意毫不相干的工作写出了艺术性，写出了境界。可谓诗词艺术服务于社会的成功之作。

蔡从成评：

该诗颇具宣传价值，转结句寓意升华，更突出赛事主旨。

七绝·税务员（通韵）

忙奔城北又城西，税务宣传答众疑。

最喜被人称绰号，声声叫我"燕衔泥"。

2022年第四届"税务杯""喜迎二十大 迈步新征程"全国诗联大赛诗类二等奖。

张萍评：

该诗赞美税务员，想象奇特，构思巧妙，用"燕衔泥"三个字比喻既形象又有味，体现了税务员持续不断地辛勤付出，歌颂了税务员为党为国家的奉献精神。

七绝·参观广东省深圳市东江纵队纪念馆瞻仰烈士英名碑感赋

东江碑耸好巍峨，我仰英名感慨多。

真想生于那年代，也留浩气壮山河。

注："东江碑"意指东江纵队纪念馆中一座包含6700多位烈士的英名碑。

2022年首届深圳"长青杯"鹏城七月红中华诗词大赛二等奖。

周兴海评：

这首诗作为二等奖可能有些争议，一是看不出来有什么章法，二是转句"真想生于那年代"，平如白话，不是诗语。其实，仔细读来，觉得其最重要的艺术特色就是自然流畅，一气呵成，浑然一体，有形象的描绘，也有豪迈的议论。读后让人留下难以磨灭的深刻印象。

麦未黄评：

中国楹联学会理事陈自如先生楹联诗词赛事多有获奖，被业界誉为"诗联获奖大户"。其创作的绝句，通俗流畅，宛如一块自然形成的璞玉，折射出诗性的光芒。

七绝·笑谈二十大

稻海棉山瓜果香，喜谈盛会话含糖。

金风捎着农家笑，飞向人民大会堂。

2022年喜迎党的二十大"诗以咏志·畅想未来"江苏省宿迁市宿豫区全国诗联大赛格律诗类二等奖。

姚东红评：

作者用平实的语言表达了人民在党的正确引领下获得丰收喜悦的景象，并想把这份抑制不住的喜悦心声传递给敬爱的党。小诗语言朴实，意脉流畅，把人民的心声表现得淋漓尽致。亮点是合句把前三句的诗意归结到特定的主旨上，统御了全诗并升华了诗意。结句收得飘逸，起到了首尾呼应。"糖""堂"连韵这种修辞手法，倒是更加深刻地表达了作者的情感，增加了作品的渲染力。

张萍评：

诗意浓浓，语言明快，时代感强。用浅显易懂的语言，表达了最深刻的含义，即写出了最基层的农民把丰收喜悦的心情通过金风捎向正在召开的党的二十大大会堂。尾二句美不胜收，"风、捎、笑、飞"四个字把诗写活了，把情写浓了，令读者陶醉了！

七绝·脚印

寒风阵阵雪飞花，一路梅枝蕊绽霞。

书记帮残下乡去，春沿脚印进农家。

2022年首届深圳"助残杯"全国诗词大赛三等奖。

评委会评：

"春沿脚印进农家"一语双关，充满了活力与希冀，令人回味无穷。

蔡从成评：

一个"春"字使整首诗的诗意升华，恰是神来之笔。

七绝·乡村路灯

遥望应和城里连，排排杆竖到田边。

灯灯辉映柳梢月，照得农家梦更圆。

2022年首届"炎黄杯"诗词曲联全国大赛诗类三等奖。

陈兰香评：

首联两句，诗人一上来就揭示了所要表现的主题，给人的印象是"城乡差别缩小了"。路灯，本是城市的标志，而现在已经通往农村的"田边"，直到家家门前屋后，可以说这是"破天荒"的大事；三四句一转一收，转得巧妙，收得自然。转句是比喻，且十分恰切。诗人把天上的千秋"明月"和"田边"安装不久的"路灯"杂糅起来写，而且"杂糅"得这么好，真的不容易！这既显示了诗人的真功实力，更显示了自然美和人文美的无垠妙合；收束的一句，是前实后虚相结合的佳构，是"豹尾"。收，收得了；束，束得住；非一般诗作手法所能达到的高度。这首28字小诗，首联的出句运用的是猜想，为虚；对句运用的是叙述，为实。尾联首句转得虽然突兀，但是不失精巧；对句是顺水之舟，无风也行！

浣溪沙·小山村

路网纵横接过坡，村庄楼宇彩云拖。飞机播种唱新歌。

揽景同观春色美，游人相问笑声多：谁移城市到山窝？

2022年首届"炎黄杯"全国诗词曲联大赛词组三等奖。

七绝·宁晋游记

景呈胜境不须邀，生态园中客涌潮。

拍个抖音投稿去，凤凰城又上头条。

2022年"宁晋农商银行杯"全国诗联大赛诗词优秀奖。

七绝·石榴

叶绿枝头刺也坚，花开似火激情燃。

盈怀籽抱紧团结，寓意中华百族连。

2022年甘肃省"石榴杯"甘肃省白银市平川区创建全省民族团结进步示范区主题诗词大赛优秀奖。

民勤行吟（组诗·七绝三首）

菜　农
一唱雄鸡便赴途，肩挑青翠到城区。

客官休怪我掺水，原是菜中含露珠。

下　乡
送苗帮植进山沟，春日下乡忙到秋。

最是开心坡上望，人参果熟满枝头。

秋　摘
玉露金风爽气扬，人参果熟蜜瓜香。

果农采摘开心笑，随手就能收小康。

2022年"喜迎党的二十大·助力乡村振兴"第八届甘肃省民勤县端

阳节赛诗会"幸福美好新民勤"全国诗词组诗大赛优秀奖。

江岸行吟（组诗·七绝三首）

滨 江

一条绿道绕江开，几缕清风欲吻腮。

知我行吟难起句，浪花捧出激情来。

遥 望

碧浪滔滔接翠微，风光一带把江围。

我来岸上舒眸望，心逐云帆向梦飞。

梳 妆

鹭戏草花鱼蹦舱，风吹两岸溢清香。

一江水碧如明镜，喜照镇城梳靓妆。

2022年首届国际生态文学奖古体诗组诗大赛优秀奖。

七律·喜迎"二十大"

百年砥砺启新程，号角高扬二十声。

已达小康趋大美，尤追强盛崛文明。

红旗升去月星近，绿码扫开天地清。

使命当肩宗旨抱，人民至上至光荣。

2022年上海诗词学会"喜迎二十大·奋进新时代"主题诗联创作征稿诗词优秀作品（最高奖）。发表于2024年第3期（总第79期）《楹联博览》。

五绝·保山围棋

局布围天下，棋开对友宾。

千秋传永子，一路走风云。

2023年"永子杯"中国围棋诗联大赛诗词优秀奖。

七绝·帮农（通韵）

栽枣栽桃忙了农，下乡书记爱帮工。

赏春尤喜回山麓，枝上初心映日红。

注："回山"意指晚唐诗人李商隐曾生活居住的泾川县的山名。

2023年"寻梦李商隐·美好新平凉"全国诗歌大赛古体诗组三等奖。

七绝·癸卯年春远行赴约喜见心上人感赋

何须外出问阴阳？一解相思奔远方。

绿码已由春代替，点开三月好风光。

2023年第八届"珠江月杯"三月三全国诗词大赛三等奖。发表于2024年第3期（总第79期）《楹联博览》。

七绝·伞
——题赠见义勇为者

布衣一介也光鲜，能屈能伸能效贤。

为挡人遭风雨雪，几根傲骨敢撑天。

2023年贵州省关岭布依族苗族自治县首届见义勇为"正气杯"全国诗词楹联大赛传统诗词三等奖。

卢冷夫评：

写伞即写人，只有感性充分、理性到位，才能做到物我两融。诗中渗透出人的思想灵魂，加之功力不俗，故寥寥几笔就能传神写意，树起生动鲜活之形象。

七绝·卖瓜（通韵）

路口街头顶烈阳，卖瓜老汉怕天凉。

忽逢挥汗民工过，开个大的邀品尝。

2023年第四届"长江杯"全国诗词大赛三等奖。发表于2023年第7期（总第293期）《中华诗词》、2024年第3期（总第79期）《楹联博览》。

王力评：

写出了小商贩之大境界。起句兴赋相糅，引出承句，承句乃《卖炭翁》"心忧炭贱愿天寒"之千古回音也。起承即成骑虎之势，如何转结着实难测。但作者乃楹联名家，娴于构思，善于谋篇，先写瓜商为了赚点儿钱竟逆于常理甘盼天热，又像是讽，又像是怜；后写挥汗农民工经过时竟得无偿大啖冰瓤，宛如立定跳远，劲往后攒，目的却是前方，又宛如《易经》晋卦之前乃退与大壮也，人性光辉在如此180度大转向中得慰读者，不要小看了我们苦于谋生的小人物的济世情怀！绝句力量，于此饱然释放！我祖父常年种瓜，那时农村日子穷，但每有瓜园来客，必选大瓜敲开免费赠尝，所以诗中感动，我略能分享。结句拗救运用自然，中华通韵"的"字轻声化平凡为神奇，不仅有效缓解了"邀品尝"三字之前的节奏压力，也为此绝句整体诵读的平衡感悄无声息地补了一枚棋子。

七绝·月季之歌

共李同桃沐煦风，偕梅伴菊雪霜中。

叶呈本色天天绿，花守初心月月红。

2023年中国月季之乡（卧龙）月季诗联大赛诗词优秀奖。

张萍评：

立意新鲜时尚，尾二句对仗漂亮，寓意深刻，与"绿水青山就是金山银山"及"牢记使命、不忘初心"的理念一脉相承。

七绝·参观莲花县革命烈士纪念馆瞻仰革命烈士纪念塔感赋

工农革命历硝烟，血绽霞红红绽莲。

真想擎旗曾有我，也留浩气壮河山。

2023年莲花县"书香古镇 魅力琴亭"全国诗词楹联书画摄影大赛诗词优秀奖。

评委会评：

"真想擎旗曾有我"，想人之所想而不曾道着之句，不可多得！

七绝·建筑工

堆星砌日线牵牢，汗湿云霞洗瓦刀。

筑梦城乡中国式，从来站的比天高。

2023年"中国梦·劳动美"全国诗词大赛优秀奖。发表于2024年第3期（总第79期）《楹联博览》。

麦未黄评：

开篇雄阔，化虚为实，描绘了建筑工人辛勤劳苦以及敬业爱岗的精神面貌，形象生动有张力，极具画面感。转结点明了建筑工人在平凡的岗位上做出的不平凡的业绩，表达出对其崇高的敬意和赞美。小绝主旨鲜明，寓意深刻，朴素的文字蕴含着真挚的情感。

蔡从成评：

该诗通俗易懂，"比天高"赞美并突出了建筑工人的伟大。

七绝·梳妆

犁当梳子汗当油，靓辫条条编绿畴。

乡下姑娘爱装扮，戴花要戴满山头。

2023年"田园美"乡村诗词大赛二等奖。2023年"中国梦·劳动美"诗诵烛光音乐会诵唱之诗。

七绝·乡村笑语（通韵）

才见公交通到田，又逢高铁建村边。

老农惊喜连声笑：今日进京一袋烟！

2023年第三届"贾岛杯"全球华人诗词大赛优秀奖。发表于2024年第3期（总第79期）《楹联博览》。

七绝·小憩（通韵）

山边走过水边行，书记下乡忙助耕。

最喜村头来小憩，桂香扑面递清风。

2023年广西桂林市临桂区"宏谋杯"全国廉政诗词大赛优秀奖。

七绝·仰观淅川"移民丰碑"感吟（通韵）

一十六万五千人，移户不移诚爱心。

我仰丰碑念名字，未曾开口泪花噙。

注："一十六万五千人"意指淅川共有16.5万名移民。

2023年河南省淅川县"大自然杯"全国楹联诗词大赛诗词优秀奖。

七绝·中秋月

圆圆月挂桂枝丫，仰望不禁噙泪花。

应是娘提灯一盏，遥遥照我快回家。

2023年四川省泸州市第四、五届"诗韵龙马潭　相约中秋里"全国诗歌诗词大赛优秀奖（之一）。

七绝·海峡中秋吟

月圆两岸又同辉，偏照台澎泪欲飞。

最是家山望不得，一声雁语一声归。

2023年四川省泸州市第四、五届"诗韵龙马潭　相约中秋里"全国诗歌诗词大赛优秀奖（之二）。

七绝·中秋尝月饼（通韵）

月下全家围个圈，中秋吃饼喜团圆。

娘亲为让儿多品，又谎"从来不爱甜"！

2023年四川省泸州市第四、五届"诗韵龙马潭　相约中秋里"全国诗歌诗词大赛优秀奖（之三）。

七绝·秋夜

笑伴金风飞满田，农忙收割夜无眠。

村头弯月也加劲，一把镰刀举上天。

2023年广东省深圳市"长青树·秋之韵"全国绝句大赛二等奖。发表于2024年第3期（总第79期）《楹联博览》。

邹志高评：

自古乡思动诗情，乡村的秋夜美景触动诗人打开了儿时记忆的闸门，恰似一弯镰刀的明月，仿佛让诗人想起了父母亲田间劳作的身影，丰收的喜悦荡漾在亲人们的笑声中。生活中最舒爽的画卷就是诗人眼中充满收获希望的乡村秋夜。

七绝·感恩（通韵）

每对家人讲救星，先说领袖最英明。

小孙也懂他何在，直指东方红日升。

2023年"纪念毛泽东诞辰130周年"江苏省老干部诗词全国大赛一等奖。发表于2024年第3期（总第79期）《楹联博览》。

大赛评委会主任徐红评：

本诗以辞简义赅的通俗语言，世代相续的真诚感情，匠心独运的巧妙角度，歌颂了举世公认的世纪伟人、家喻户晓的人民救星毛泽东。既回顾了"长夜神州降救星，东方破晓太阳升"的难忘历史，又表达了"丰碑永立穿云表，日月同辉照后人"的共同心愿。前两句，"每对家人讲救星，先说领袖最英明"，直抒老辈家人以至老辈国人的感恩之情。一个"每"字，实言其多，意即时常讲，反复讲，也只有念念不忘，才会时时提起；一个"先"字，乃指其要，意即需要特别强调的首要认知和感受。字面虽浅，内涵却深。道不远人，自在人心。恩重如山，永世无忘。后两句，"小孙也懂他何在，直指东方红日升"，点明小辈之人以至后辈族人的应晓之理。"小孙也懂"，令人欣慰；"直指东方"，众望所归。比较起来，后两句是前两句的延伸和升华，艺术地再现了妇孺皆知的"东方红"意象。小孙直指的"东方红日",更是大家的"心中红日"。本诗吟咏到此,更发人深省,更值得赞赏,也更有诗意。

七绝·盛世感怀

也夸富裕也夸强,站起才为第一桩。

问道国从何日盛?至今仍爱那湘腔。

2023年湖南省政法系统书画诗词研究会纪念毛泽东诞辰130周年"芙蓉嘀嘀杯"全国诗词大赛二等奖。

陈兰香评:

首句开门见山,高调开局,用两个"夸"字,巧作回环,以加重语气,提醒读者。作者带着自豪,为祖国的强大而感到无比骄傲!承句,启用一个"站"字而颂,接着一个"起"字肯定,引人入胜。老百姓真的挺起胸膛站起来了,再也不受压迫了,人民真的富起来了!然后用"第一桩",更加肯定了站起来的是祖国,富起来的是人民。诗人把转句作为中心轴,以力具千钧的一"问","问"出了祖国站起来、人民富起来的原因。而把带领"祖国站起来、人民富起来"的伟大领袖毛泽东主席隐含在"湘腔"两个字中!这就是温柔敦厚!此种手段,非高人不能为也!此诗28字,运用的是倒果为因的方法,把议论、抒情熔于一炉,既道出了伟人的丰功伟绩,又显示了人民的热爱之情!

七绝·看电视剧《恰同学少年》感赋

学有偏长乃大才,峥嵘个性破尘埃。

时人休作等闲看,惹怒书生敢唤雷。

注:学有偏长系指毛泽东少年学习时总是偏科。

2023年"伟人颂"纪念毛泽东诞辰130周年全国诗词大赛一等奖。

张萍评：

好诗！大气！振奋人心！尾句"惹怒书生敢唤雷"，看得过瘾，使人眼前一亮。寓意看人要看长远，要用发展的眼光看人，人的潜能不可估量。

七绝·乘凉（通韵）

不开电扇与空调，仍爱乘凉村口聊。

说起烟农肉牛贷，笑声阵阵任风捎。

注："烟农肉牛贷"意指云南农行的"烟农贷""肉牛贷"。

2024年首届"云南农行杯"农行支持乡村振兴和绿色经济发展全国诗词大赛优秀奖。

七绝·延庆新农村（通韵）

这方山水那方田，高铁通京笑语连。

若问我家新住处，乡村绰号叫桃源。

2024年北京延庆"韵咏冬奥城·文艺谱华章"迎新春全国诗联大赛诗词优秀奖。

七绝·荷花

日映碧波波闪光，风舒绿叶岸飘香。

小荷如笔朝天举，大写清廉又一章。

2024年湖北省松滋市"清廉文化"全国诗书画摄影大赛诗词优秀奖。

七绝·"七一"相逢

近水遥山绿接青，荷风扑面送清馨。

相逢老叟亭前叙，不问年龄问党龄。

2024年纪念"中共金家堤支部成立100周年"诗词联文大赛传统诗
组二等奖。

汪奇圣评：

"不问年龄问党龄"，此近体诗中前所未见之警句，为纪念一党支部
成立百周年作点睛之笔，极切。然并不突兀，头二句着意刻画山水胜
貌，作了铺垫，复以二老叟相语，上承下转，点明题旨，工稳流丽，自
然清畅，洵是佳作。

七律·山东省文史书画研究会成立20周年感赋（通韵）

笔墨流传纸砚存，纷呈白雪与阳春。

文章一脉俗兼雅，史册千情古到今。

书走龙蛇山海壮，画描人物地天真。

再将齐鲁风华续，时代宏篇页页新。

2024年山东省文史书画研究会成立20周年"风雅齐鲁"全国诗词
大赛一等奖。

七绝·摘

满园蔬菜果瓜香，先引农家进小康。

最美还为那双手，春光摘罢摘秋光。

2024年"推动中国式现代化寿光新实践"诗词大赛二等奖。

王力评：

这几年我学写律绝和楹联越来越受陈自如老师的影响，可能是我出身农村，自然而然地喜欢他诗联中的"土"味儿。但这种土味不是随意的，其间隐藏着精美的架构和深刻的情感，200多个一等奖完全可以说明一切。"春光摘罢摘秋光"，是高浓缩、大蕴含的诗意咏叹，就像我们常说的：一切都在酒中。

七绝·宜城乡村公交

大道绿荫纵又横，公交沿站报村名。

老农一扫老年卡，才过田园就进城。

2024年湖北省宜城市"楚天杯"诗词创作大赛二等奖。

汪奇圣评：

妙在反映了农民农业农村的巨大变化，缩短的不仅是城乡距离，更是城乡差别。

七绝·下乡

后稷教民今续歌，下乡书记汗尤多。

山楂树上初心挂，红了金秋七里坡。

2024年山西省闻喜县"半山腰"山楂种植专业合作社全国诗联大赛诗词三等奖。

七绝·茶乡新歌

一岭芬芳一岭霞，天门谷雨采新芽。

嫂姑手巧茶篓美，装个春天背进家。

2024年湖北省天门市委宣传部"中国天门·陆羽杯"中华诗词大赛优秀奖。

七绝·乡村见闻

似画田园山水镶，衡东绿拥绿村庄。

嫂看微信连声笑：土菜今天卖出洋！

2024年"风华二十年 土菜香万里"衡东土菜文化旅游节二十年回眸文艺作品征集大赛诗词优秀奖。

七绝·吃菜

无公害且保安康，绿色品优佳味香。

每见衡东鲜土菜，人皆把碗舔精光。

2024年"风华二十年 土菜香万里"衡东土菜文化旅游节二十年回眸文艺作品征集大赛诗词优秀奖。

七绝·九华山

无意佛门无意禅，也当对此有心虔。

山峰境界清如水，九朵芙蓉开上天。

2024年首届"九华杯"华语诗坛诗词大赛优秀奖。

王力评：

言生活中处处有禅，认真生活便是修为，不必非得遁入佛门。我们内蒙古扎兰屯金刚寺原来有个僧人果甦，出身五台山，在北京佛学院也当过老师，他便持此种观点，我曾与他有过交谈。

七绝·九华天池（通韵）

座座山峰朵朵莲，清风句句细说禅。

自天端下一盆水，出浴九华尘不沾。

2024年首届"九华杯"华语诗坛诗词大赛优秀奖。

七律·大美西区

金沙江北靓西区，四季风光若画铺。

叶子梅开花汇海，丝儿柳戏市偕湖。

富饶百里原煤盛，珍惜亿年苏铁殊。

三线频催新建设，共追好梦跃征途。

2024年四川省攀枝花市西区"三线时光·共富西区"诗词大赛优秀奖。

诗吟廉洁（组诗）

五律·稗与莲（通韵）

古今惩腐败，天地仰清廉。

腐败犹同稗，清廉恰似莲。

莲香赢世爱，稗坏惹民嫌。

从政当莲品，污脏永不沾。

七绝·稗草

钻进田间排挤秧，争肥争水抢风光。

多沾雨露有何用？只结私心不结粮。

七绝·水（通韵）

洁净容颜最厌妆，赴锅蹈火敢担当。

任凭将我一身废，也要为他涤去脏。

七绝·书记住址（通韵）

扶贫致富富千门，万象争荣一派春。

却看永川老书记，依然家住在乡村。

七绝·下乡书记（通韵）

下到田头就助耘，从来不顾弄脏身。

何因爱向胸前看？只怕党徽沾了尘。

2024年重庆市永川区第二届廉洁文化主题红廉诗联大赛诗词一等奖。

杜鹃女传奇（古体长篇叙事诗）

序：据史料记载，革命战争年代，大别山革命根据地有一位女英雄战士名叫杜鹃。其女虽为苦难家庭出生，却天生聪明伶俐，尤其能歌善舞，美丽大方，深得当地人民群众和革命战士们的喜爱。杜鹃入伍后，常以动听的歌声来鼓舞战士们的豪情斗志。天长日久，歌扬四面八方，让敌匪闻声丧胆。后因不幸遭敌匪追捕而陷入敌群，历尽苦刑仍初心不改，终遭敌匪枪杀。杜鹃光荣牺牲后，为歌颂和纪念她，大别山周边的老百姓都在传说：杜鹃的音容笑貌化作了大别山中年年春天盛开如血似火的杜鹃花，杜鹃的甜美歌喉化成了大别山中年年啼春布谷的杜鹃鸟。本诗即是据此真实史料和美丽传说而作。

大别山上杜鹃放，万簇千丛似火红。
大别山中杜鹃唱，千歌万曲荡苍穹。

岁岁冰消寒腊尽，杜鹃朵朵迓春风。
年年春至艳阳照，杜宇声声唤早耕。

杜鹃花与杜鹃鸟，都属春天一象征。
百鸟不如鹃雀噪，群花难媲杜鹃容！

花因孰故如斯艳？鸟据何缘语动人？
大别山中新故事，虽如神话却如真——

昔有杜鹃聪慧女，出生本自苦家庭。
幼时爱戴杜鹃蕊，尤喜偷听杜宇鸣。

三岁听娘教小曲，一词一字唱之清。
龄趋五六将牛放，自起山歌令众惊。

艰难岁月磨筋骨，一朵杜鹃十里馨。
春风染就如花貌，泉水润成仙女音。

地主见之生歹念，厚皮赖脸硬求婚。
杜鹃无计脱魔掌，哭别双亲逃远村。

深仇大恨在胸中，曲曲山歌骂畜生。
乞讨千村千里唱，凄风苦雨伴歌声。

唱山山上乌云滚，唱水水中惨雾濛。
唱雨雨花和泪洒，唱天唱地黑层层。

唱花不见杜鹃红，唱鸟难闻杜宇鸣。
走遍三山十九岭，何方方可唱光明？

大别山中赤帜升，杜鹃绝处获新生。
鹑衣脱下军装换，抖擞精神嗓更清。

青山四面歌台搭，一起歌声万谷应。
字正腔圆词意好，军民齐赞"小歌星"。

哪有战场歌在哪，枪声阵阵伴歌声。
何方战斗尤激烈，何处歌声最动情。

歌唱英雄驱虎豹，歌讴大众爱参军。
歌扬革命根据地，歌荡征程万里春。
敌军闻唱胆心惊，提及杜鹃睡不宁。
匪首搔头如困兽，腥风血雨计谋生。

一天演唱归来晚，不幸遭追陷匪群。
匪首眼馋生兽意，黄粱美梦配"夫人"。

摘去铁镣鱼肉供，杜鹃心里自分明。
哪来魔鬼能成佛？怎有豺狼改兽行？

百转愁肠思战友，夜深难寐念乡亲。
任他软硬轮番使，真理撑天永壮心。

都道我歌如武器，何不唱响斗妖兵？
清清喉嗓精神振，四面青山侧耳听——

"自从盘古到如今，最好当称新四军。
新四军来新队伍，扛枪杀寇救乡亲……"

敌匪阻拦声更嘹，悠扬豪放荡心声。
醒来匪首魂惊散，疑是苍天夜降兵。

含笑杜鹃歌曲曲，眼前幻出好时辰：
红旗耀眼乾坤亮，赤县翻身日月新……

遽然匪首进牢门，厚脸多皮目露淫：
"只要杜鹃能嫁我，荣华富贵乐无垠！"

话音未落起淫心，臭嘴伸朝弱女唇。
愤怒杜鹃张玉口，咬伤匪耳血淋淋。
仍然匪首不甘心，立逼杜鹃歌匪军。
站起杜鹃惊众匪，歌声句句带钢针——

"可笑你们霜与雪，太阳一照命归阴。
人民解放春风暖，吹遍神州万里新！"

恼羞匪首更生怒，大发淫威动酷刑。
死去活来皮肉绽，初心不改骨铮铮……

为救杜鹃出虎口，我军首长最关情。
精挑智勇小分队，猛虎下山扑匪营。

越墙入院无声响，铁掌推翻敌哨兵。
堵住匪窝敌匪虏，冲朝牢监对歌声。

惊惶匪首乱枪鸣，中弹杜鹃目不瞑。
四处枪声如爆豆，呜呼匪首恶盈盈。

队长连呼不见应，心中悲愤泣无声。
深情托起杜鹃体，步履深沉缓缓行……

杜宇有声啼似血，杜鹃有色血般红。
山山岭岭齐哀悼，大地苍天露惨容。

一声悲叹千行泪，大别山中筑土坟。
放眼青峰晨色启，红霞欲染万株林。

杜鹃血染杜鹃艳，从此花开别样红。
杜女歌喉传杜宇，声尤婉转韵无穷……
大别山中风景靓，映山红放映春新。
山山岭岭杜鹃唱，万水千山荡回音。

脱贫致富小康享，时代崭新新启征。
革命老区情不老，又随大党奋新程。

赏景听歌谈故事，今犹恍见杜鹃魂。
一声歌起八方和，激励九州追梦人。

2023年首届"梦筑新时代·诗吟大别山"全国诗书画大赛古体诗组特等奖。原稿《杜鹃女》发表于1989年8月28日总第174期南京《乡土》文学报。

颁奖词：

大别山是著名的革命老区，是中国革命的策源地，中国军队的摇篮。在波澜壮阔的革命战争中，留下了无数革命英雄的战斗足迹，创造了丰富多彩的传奇故事，谱写了一曲曲气壮山河的动人诗篇。古体长篇叙事诗《杜鹃女传奇》堪为这些丰富多彩的故事和气壮山河的诗篇中最为美丽动人的一篇。大别山中的杜鹃花格外鲜红，是革命根据地中烈士鲜血的象征，更是中国革命的胜利标志。大别山中的杜鹃鸟歌声格外动人，是革命根据地中烈士心声的寄托，更是人民大众为时代而歌的表达。诗人巧妙地融合了杜鹃花和杜鹃鸟的美好形象于一身，从而刻画出了杜鹃女及其红色故事生动传奇的意象。

既是史话而充实了神话，又是神话以壮美了史话，是这首古体长篇叙事诗的至高至远的立意。既使传奇融合于现实，又使现实升华成浪漫，是这首长篇叙事诗的新雅独特的艺术表现手法。于革命战争的艰苦岁月中写活了红色的春意和胜利的绮梦，是这首长篇叙事诗的大美意境。全诗情真而象美，语浅而意深，如佳句："春风染就如花貌，泉水润成仙女音"——有声有色；"凄风苦雨伴歌声……唱雨雨花和泪洒"——形象生动；"鹃衣脱下军装换，抖擞精神嗓更清"——字字力透；"放眼青峰晨色启，红霞欲染万株林"——诗意深长。全诗融叙事、描景、抒情、议论于一体，条理清晰且恰到好处，结构严谨而开合有致。篇长而意浓，情深而境美，一气呵成的滔滔之势、曲折连绵而清新优美的诗声画面，尤其能令人亮眼悦耳、心旷神怡！

内涵丰富，思想深刻，形象生动，情感真挚，语言优美，是难得的长篇史诗佳作！

"梦筑新时代·诗吟大别山"全国诗书画大奖赛组委会

2023年5月7日

题联赠诗出句选

1994年应镇党委、政府邀请为陈瑶湖撤乡建镇题联

十多年改革翻天覆地，陈瑶湖局面顿开：喜东水润珠，渔歌阵阵；西峰掘宝，马达隆隆；南土筑桥衢，金镶玉砌；北坡兴果木，叶绿花红；且已拓中枢建镇，厂旺商盈，广厦层楼摩日月；

百把里方圆耀古荣今，青山麓精英辈出：有荫棠教授，术业煌煌；铁骨将军，丹心耿耿；拳师传技艺，武继威扬；学会倡诗联，义长韵远；当尤夸后代成才，你追我赶，豪情壮志弄潮流。

注：该联曾发表于1994年《中国楹联报》和《东乡诗联》。"学会倡诗联"系指由笔者倡导于1993年成立、枞阳县文化局主管的"东乡诗联学会"。该学会每年出一集《东乡诗联》会刊，至2004年停刊，共12期，另加1集诗联选粹《瑶湖颂》。

1996年应家乡花山村村支两委邀请为村务公开栏题联

带动人人，劲头高比花山岭；
公开事事，心底清如羁马河。

注：当年已刻挂。

2011年应邀为陈瑶湖镇水圩谢氏宗祠"桐东抗日民主政府革命文物陈列馆"题联

抗日壮名祠，曾聚群心朝北斗；
振乡荣宝树，更催大志起东山。

注：当年已刻挂。

周巨龙评：

此联出自中国楹联学会理事、当代楹联大家、陈瑶湖人陈自如先生之手！联语既点明了水圩谢氏先祖的荣耀与大志，更突出了谢氏宗祠在抗战中的突出贡献，对仗工整、凝练精准、大气磅礴、震撼人心。

2014年应邀为安徽亳州市亳州二中"黉学"景观题联

黉门仰圣人，育才振铎千秋德；
学海催贤者，追梦扬帆万里心。

注：该联2014年由安徽省书协会员谢启平书写，刻挂于亳州二中"黉学"景观区大门。

2014年题枞阳浮山文昌阁联

文昌阁一楼联

岭峰仰妙高，气势冲天，学派曾兼文派盛；
日月辉浮渡，江湖绕地，黄公更续左公明。

注："学派"即指"方氏学派"。"文派"即指"桐城文派"。"黄公"即指黄镇。"左公"即指左光斗。

该联发表于2017年第7期《中华诗词》、2017年4月21日《枞阳新闻》副刊。

文昌阁二楼联

问奇峰、怪石、巉岩、幽洞自何成？可遥思亿载以来，喷发火山曾焕彩；

看雅阁、高亭、名校、美园由此现，当近感千流而汇，绕环湖水更增辉。

该联发表于2017年4月21日《枞阳新闻》副刊。

文昌阁三楼联

文脉古今通，脉连浩浩湖涛、滚滚江潮，入海汇洋千里远；

钟声峰谷震，声祝莘莘学子、芸芸人士，成才圆梦万方昌。

该联发表于2017年4月21日《枞阳新闻》副刊。

2014年题铜陵望江阁联三副

沿笠帽以行来，登阁意常舒，宜我情融新景展；
伴铜都而奋起，望江怀更爽，任人梦逐远帆飞。

临大江侧耳听来，莫惊汽笛冲天、浪潮动地；
登高阁凝眸望去，当喜春光满岸、锦绣连城。

登阁似闻铜鼓响；
揽江恍见玉盘倾。

注："铜鼓"意指笠帽山形如铜鼓，古名铜鼓山。

发表于2018年10月18日《铜陵日报》副刊。

2018年应邀为周潭镇鸦山王氏宗祠崇本堂题联

三横一竖，写成姓氏最尊！最当仰源开并郡，脉发琅琊，历千载以荣！先祖德功高，纬武经文垂典范；

四海九州，播出名声尤远！尤可歌祠壮鸦山，堂昭崇本，佑万方而盛！后昆襟抱阔，富家强国续辉煌。

注：当年已刻挂。

2019年应邀为巩行远先生《皖西北楹联文学微观》题序

微观岂是微？由说古论今以出，卌万言洋洋洒洒，若化雨纷纷，引联林花放万枝，香馨皖西北；

巨制诚为巨！作惊天动地而来，三千韵浩浩汤汤，似春潮滚滚，促艺海帆扬千里，振奋国方圆。

注：以联代序。

2020年应邀为义龙康复医院题联

义重情长，兴大业中医，正以初心频造福；
龙吟凤唱，庆疗伤健骨，恰逢妙手又回春。

注：当年已刻挂。

2023年"上海市第十二届书法篆刻大展"特邀作品

百载宏篇，才以小康结尾；
九州新史，又凭盛会开头。

注：该联由上海市书法家协会首席顾问韩天衡先生书写，于上海市文学艺术界联合会、上海市书法家协会、中华艺术宫（上海美术馆）共同主办的上海市第十二届书法篆刻大展展出（详见2023年4月6日《中华艺术宫》微刊）。

2023年应邀为刘大櫆先生故居题联三副

大笔并方姚，派起桐城，长让先生传世；
宏篇辉日月，光昭环宇，好由后学拜櫆。

承方以启姚，才华汇作文中派；
揽月而擎日，神气凝成海上峰。

神接方姚，立文立派；
气通天地，为海为峰。

汪奇圣评：
联出天心，诗接地气，享誉全国，陈自如先生乃吾皖联苑诗坛之翘楚也！

2023年敬赠汪奇圣先生嵌名联

奇特之才，才溢行云流水；
圣贤其德，德彰育李培桃。

2023年诗贺汪奇圣、周晓英先生《南箫逸兴》出版发行

李白豪情清照才，南箫逸兴韵双魁。
金风八皖声声读，似听乾坤殷殷雷。

2024年诗贺梁石先生八十大寿

甲辰二月二之天，龙也抬头贺耋年。

喜向先生仰才德，欣于盛世读诗联。

一支笔落珠玑耀，册卷书成锦绣编。

更待期颐华诞庆，宏铺九域赋新篇。

2024年应邀为邹志高先生《卜算子·春满乡村》词配画题联

春在李桃枝上笑；

梦于乡野业中圆。

2022年应邀担任安徽电视台《第一时间》"迎虎年·赛春联"评委并为大赛出句

出句：新年虎气超牛气；（陈自如）

对句：盛世春风似党风。（谢启平）

2023年应邀担任安徽电视台《第一时间》"迎兔年·赛春联"评委并为大赛出句

对句：既享小康犹享福；（王良才）

出句：才迎盛会又迎春。（陈自如）

2024年应邀担任安徽电视台《第一时间》"迎龙年·赛春联"评委并为大赛出句

出句：七十五年龙正蓍；（陈自如）

对句：一零三载日频升。（刘芮含）

发表诗选

见面礼（古体叙事诗）

农技专家刘志刚，清早相亲奔出庄。

手提一包见面礼，流行歌曲唱开腔。

园里桃花红映日，田间油菜霞铺黄。

蝶蜂相伴燕飞舞，一路春风一路香。

志刚走近家门外，女友爸妈迎接忙。

忽见礼包沉下脸，怪他送礼不应当。

女儿见状羞又急，劝爸劝妈切莫嚷：

"先要分清皂和白，看看里面啥名堂？"

说完随手解包口，父母伸头急探望。

只见粒粒金灿灿，杂交稻种满包装。

女儿一旁欣解释："盼的就是这种粮。

责任田种杂交稻，亩产双千保障强。

小刘为育杂交种，不顾辛劳汗淌光。

今年良种尤难购，种子公司也紧张……"
双亲听罢恼转笑，拍手连连赞儿郎。
妈妈忙去打鸡蛋，爸爸端来冻米糖。

发表于1984年4月21日《安庆报》。

卖兔毛（古体叙事诗）

夫妻养兔有经验，收入万元家冒尖。
今晨赶集兔毛卖，担子两挑肩并肩。
出门就见喜鹊叫，喜得妻子笑开颜：
"喜鹊叫分财气到，兔毛定卖大价钱！"
丈夫闻声屈指算："少说也有两千元。"
"这么多钱怎么办？"妻子故意接茬言。
丈夫边走边思考，两只眼珠转又翻——
电视摩托皆尽有，堂中家具更齐全。
去年已把新楼盖，穿吃有余不用添……
妻子见夫难以答，咯咯一笑语连篇：
"你这憨子也真憨，哪能饮水不思源？
咱家富了怎忘本？兴乡献爱怎迟延？"
一言巧点人醒悟，一拍脑袋夫恍然：
"知恩图报是家训，岂可过河忘了船？
多亏政策方针好，更谢乡亲励向前。
但愿全村共同富，要向贫穷户助援……"
丈夫说得心花放，妻子越听心越甜。

毛巾递去帮揩汗，飞吻送来夫嘴边。

岭头旭日伸头望，羞得脸红半边天。

发表于1987年3月3日第111期《安徽农民报》（《安徽日报·农村版》）。

吻（古体叙事诗）

白发新颜神自爽，穿衣镜上照荣光。

是谁来把老妻抱？身后老夫喜洋洋。

老妻笑嗔"忘了老！"老夫应声接了腔：

"结婚四十五年整，家贫如洗愁得慌。

成天只想油盐米，夫妻情调早皆忘。

如今富了人心畅，我换西装你化妆。

你变年轻老来俏，我返青春少年郎。"

老妻听罢心激动，热泪连珠挂两行。

心里扑通脸红透，手拉老伴贴身旁。

镜前相吻嘴对嘴，镜里花开并蒂香！

发表于1987年10月27日总第148期《安徽农民报》。

下田归（古体叙事诗）

夕阳红染晚霞美，责任田间踏歌回——

大伯扭开落地扇，躺上沙发任风吹。

哥哥取下蓝墨镜，端出冰箱冷饮杯。

嫂嫂打开收录机，欣赏一曲新"黄梅"。

小妹进房巧梳洗，胭脂涂脸笔描眉。

摆菜又将啤酒拿，大娘自语"多美味!"

出房小妹饭忙吞，嫂嫂一旁戏开嘴:

"着急小姑是为何? 莫非今晚要约会!"

羞了女儿添了乐，大娘大伯故意催:

"城中小子早来了!"满屋笑声往外飞。

发表于1987年5月18日第10期总第112期南京《乡土》文学报。

山里姑娘花汗巾（歌词）

山里姑娘花汗巾，花纹花边花织成。搭在肩上可揩汗，摇在手上又扇风。摆在沟里能洗脸，戴在头顶好遮阴。若是与他山里会哟——花汗巾当绣球，抛给心上人。

花汗巾呀花汗巾，连着山里姑娘心。进山汗巾不离手，出山汗巾揣怀中。汗浸雨洗山风吹，天长日久色褪清。要问色彩哪里去啰——染出那一片片，花香果满林!

发表于1991年3月10日第3期总第51期天津《歌词月报》。

欲知大美看枞阳（古风）

欲知大美在何方，须看枞阳镇与乡。

廿二镇乡七彩画，千姿百态媲群芳——

村村通达水泥路，镇镇恢宏建康庄。

旧村改造见成效，低保家庭拥新房。

村头路口路灯立，街道社区亮堂堂。

互联网上抓机遇，四时百姓广经商。

水利兴修关大局，江堤河闸固金汤。
水田山地新生态，机耕机种乐中忙。
五讲四美重环保，山清水秀绿成行。
城乡医院文明守，医保覆盖福无疆……
旅游路路风光好，古景今尤显辉煌：
白云崖上祥云绕，天蓝树绿鸟双双。
望龙庵里景依旧，花木成荫掩古墙。
大青山下石屋寺，千载文明日月光。
大山村里山山叠，洞石传奇花果香。
世界驰名风景地，浮山倒映水中央……
看完风景数特产，枞阳更是米粮仓：
包田大户太湖糯，科学栽培品优良。
枞阳黑猪精饲养，献给万家餐桌香。
枞阳媒鸭优而特，肉鲜汤美溢清凉。
白荡湖中大闸蟹，黄多恰似艳秋阳。
陈瑶湖出鱼菱藕，春色满湖笑满舱……
欣逢机遇宏图展，全面城乡奔小康——
并入铜都快车道，铜枞合写大文章。
公仆为民谋福祉，党偕百姓启新航。
依法倡廉除腐败，三严三实秉持强。
清风引得民风朴，和邻睦里敬爹娘。
价值观弘传道德，不改初心信念钢。
四个全面开新局，两个百年号角扬。
喜乘东风十九大，同追国梦步铿锵。

美中展望美中景，大美枞阳胜盛唐。

今朝我写枞阳美，美未写完诗已长！

发表于2017年6月16日《枞阳新闻》副刊。

七绝·江南文化园瞻仰李白铜像

仰望如仙更似山，我来恍入醉吟间。

先生倘若生当代，诗不敢攀缘敢攀。

发表于2018年12月6日《铜陵日报》副刊。

七绝·初心

指航已达百年征，还是南湖那盏灯。

化作初心天地耀，映红旭日一轮升。

发表于2021年第4期《上海宏波》（双月刊）。

七绝·红船

红映南湖一叶船，如犁划破水中天。

百年开垦小康播，收获神州好梦圆。

发表于2021年第4期《上海宏波》（双月刊）。

七绝·百寿献诗

小康在握美滋滋，三感归心心自怡。

十四五图铺出画，民将日子过成诗。

发表于2021年第4期《上海宏波》（双月刊）。

七绝·红枫礼赞

经霜何故不萧条？因有基因红色娇。

为葆人间春意暖，高擎火炬照天烧。

发表于2021年第4期《上海宏波》（双月刊）。

七绝·天井湖

一园四季漾欢歌，井设湖心又为何？

许是天堂也污染，仙人来此汲清波。

发表于2021年9月9日《铜陵日报》副刊。

七绝·高血糖自嘲（通韵）

微躯不健也心安，血里糖高却感冤。

堪笑平生尝遍苦，老来还要戒于甜。

发表于2021年第11期（总第273期）《中华诗词》。

五绝·惜食

孙子盘中剩，吾常续食之。

旁人休笑论，听咏《悯农》诗。

发表于2021年第11期（总第273期）《中华诗词》。

七绝·植树节吟

风吻田园花渐开，锹挥野岭布春来。

他年大树参天起，也有多株是我栽。

发表于2021年11月号《中华辞赋》。

七绝·笔架山

千古甘将笔架当，山峰双峙市中央。

如今时代主题大，励我铜都写锦章。

发表于2022年1月6日《铜陵日报》副刊。

七绝·螺蛳山

云旋绿岭道旋天，谁把螺蛳列市间？

多想剥开烹作菜，助吾下酒咏新篇。

发表于2022年1月6日《铜陵日报》副刊。

七绝·周潭大山

山经梅雨绿尤肥，惯见人来鸟不飞。

知我独游无好友，清风一路总相陪。

发表于2022年1月6日《铜陵日报》副刊。

七绝·陪读感言

今时怎与古时同？最是难堪陪读风。

早晚侍孙求学去，老来还做小书童。

发表于2022年第2期（总第276期）《中华诗词》。

七绝·春雷

长久风云聚在心，激情如火岂能禁？
春来凭我一声吼，领唱万千天籁音。

发表于2022年3月29日《铜陵日报》副刊。

高建明评：

用词可谓是无边无际，没有束缚，唯有弹性，一个小小的春雷观察得如此仔细，长久的风和云聚在一起，激情凭我吼，并且是天籁之音！妙极了，看完这首诗，我从惧怕雷变为喜欢雷了。

七绝·春雨

洒洒飘飘缕缕柔，纷纷落遍岭川畴。
天公播撒晶莹种，长出春来结出秋。

发表于2022年3月29日《铜陵日报》副刊。

七绝·春风

描绿山河点绿畦，画铺诗展惹人迷。
何时借我一支笔？也作春风得意题。

发表于2022年3月29日《铜陵日报》副刊。

七绝·春草

不须鲜艳不须花，争沐春风争沐霞。
只要伸根有泥土，便能播绿到天涯。

发表于2022年3月29日《铜陵日报》副刊。

七绝·春游

春到山乡山拥花，客游皆感景无涯。
村姑指路连声笑：桃李园旁是我家！

发表于2022年3月29日《铜陵日报》副刊。

五绝·春笋

青竹根中孕，岂甘崖缝眠？
春风来唤醒，一出便冲天。

发表于2022年3月29日《铜陵日报》副刊。

七绝·踏春

看花看草赏风光，闻鸟闻蛙感韵扬。
我自春天行几步，诗情已拾一诗囊。

发表于2022年3月29日《铜陵日报》副刊。

七绝·春耕

铁牛飞跑不须鞭，扑面春风谈笑连。
一任田间云水荡，农民今日敢耕天。

发表于2022年3月29日《铜陵日报》副刊。

七绝·插秧姑娘

换除时尚靓裙装，挽袖躬身巧手忙。

铺展田原当稿纸，写成绿色大文章。

发表于2022年3月29日《铜陵日报》副刊。

七绝·偕老伴踏青

沿山绕水踏青游，柳绿桃红映白头。

欲撷一枝难出手，怕她笑我老风流。

发表于2022年3月29日《铜陵日报》副刊。

七绝·枫叶（通韵）

红红似火向秋燃，款款如蝶舞万千。

尤喜一枚窗上落，有心让我作书签。

发表于2022年第7期（总第281期）《中华诗词》。

七绝·洗衣（通韵）

电器不开偏爱忙，洗衣依旧小河旁。

嫂姑谈论脱贫事，淌走笑声十里长。

发表于2022年第7期（总第281期）《中华诗词》、2024年第3期总
第79期《楹联博览》。

2023年入选河北青县上伍乡小许庄诗词广场诗词嵌刻。

刘鲁宁评：

笑声十里，别具匠心。转句略显刻意，可能是为参赛而作。

王惠维评：

首句正话反说，偏爱忙，实则有闲哉。结句不直说如何脱贫，但笑声十里，已然见之，"淌"字尤见锤炼功夫。一个生活小场景，却见社会大动态。

王良才点评：

白居易提出"文章合为时而著，歌诗合为事而作"这一响亮的口号，给现实主义诗歌的创作带来极大的理论贡献。古往今来，做到"为时而著"的虽不乏其人，而更多的是虽有"为时而著"之"心"，却未必有真正的"为时而著"之"文"。当代诗坛，多见抒发个人情怀者众，更有日售万言之汹汹网诗。此篇难能可贵，从"洗衣"这一小视角切入"脱贫"这一时代的大主题，用淌走十里长的"笑声"来反衬脱贫攻坚的胜利。清代刘熙载说："绝句取径贵深曲，盖意不可尽，以不尽尽之。正面不写写反面；本面不写写对面、旁面，须如睹影知竿乃妙"。这首《洗衣》当是此中经典。

五绝·雪（通韵）

冬嫂临分娩，产床白被铺。

红梅惊报喜：生个俏春姑。

发表于2023年第4期（总第290期）《中华诗词》。

王力评：

二十个字写出了大自然之永动，写出了春天轮回给人类生活带来的积极心理影响。人类为什么偏爱春天，读此诗便知答案。雪莱《西风颂》有"冬天已经来临，春天还会远么"之名句，作者此诗又别出机杼，赞美春天由冬天生产之动人情景。全诗蕴含自然和人类进步之大欢喜，把寻常季节更迭上升到人类内心之大感动，偏又大处着眼小处着手，把这大欢喜大感动人格化、细腻化，冬为嫂，地为产床雪为被，红梅为助产士，春天为新生儿，又是个俏姑娘！比拟恰当，合情合理，惟妙惟肖，亲切可人！而且既称冬嫂，作者便为亲人，一声嫂便把作者自己代入，宛如在产房外翘首以待，既兴奋又有点儿焦急，听到红梅报喜，那种愉悦可想而知。且翘首以待者必又不仅作者一人，所以读者读罢诗歌，也被顺利代入。春天来了，人间一片欢腾！这样的作品，引人热爱大自然，引人挚爱生活，引人珍惜春天，引人珍重诗歌。

　　杨远建评：

　　诗题只有一个字"雪"。但从整首诗来看，它是早春之"雪"，但是直到第二句"白"字，才用雪的颜色"白"来代指雪，"雪"这个主角才被暗示出来，破了题。实际上，这首五言绝句的首句，起笔突兀，只是表示季节的"冬"字与雪有关联。而第一句主要内容是，用拟人手法，称呼"冬"为"冬嫂"，写其将要"分娩"。然而，读者会问，这所谓的"冬嫂"要分娩什么，而且是有什么可"分娩"的呢？"分娩"二字突兀中，又耐人寻味。于是，带着疑问与好奇，读者开始读第二句，可是第二句却只写了"产床（大地）"的情况。说偌大的产床被白雪（比喻白被子）厚厚地、密密地铺着，暗示这接生的准备工作，不但充分，而且简便实用。不过，这"雪"可是主动的，是真心为人民服务的哦，可见"雪"很有情，也很懂事，很热心。读者想，作者如此来写诗，那真的是，"有情而无理"，想象也太奇特了吧。然而，一、二句作了如此的描写与铺垫后，此诗作者最终想要表达什么呢？第三句，于是实实在在地做了一"转"，好像要说明了，其实却不再去具体写"分娩"的情况与过程，而是直接跳到产后"报喜"了。谁知报喜的"人"却是"红梅"，用的又是拟人手法，初看是来得突然，细思量，其与前面

"冬"、"白"雪呼应,却是水到渠成,因为只有冬天下雪红梅才开。然而,"红梅"又报的是什么喜呢?这回,紧接着的第四句,作了明白的、出人意料的实在回答。诗的尾联答曰:"生个俏春姑。"语言极具口语化,也十分俏皮、痛快与喜庆。"春姑",原指出生于春天的女婴,这里代指"春天"。"生个俏春姑"的意思就是春天来到了大地,来到了人间。一"惊"一"俏",炼字精到,让人收获满满。这一句,用的是比喻,也是拟人手法,真是形象呀!"春姑"与"冬嫂","生个"与"分娩","春"与"红梅","喜"与"红",逻辑严密,相互呼应,结构紧凑而完整。四句诗,句句奇特而又惊艳,让人浮想联翩,不断使读者有兴趣地读下去,直到得到答案、喜悦和幸福。"雪"这个背景设置得好呀,"白"与"红"相映衬,白则为纯洁、单纯,红为喜庆,也是春天的颜色,象征着春天(春姑)的活泼。在白则更白、红则更红的逻辑中,这首诗,没有一个多余的字,也没有漏掉一个字,充满质朴、单纯,可见诗作者之才情、笔力也!

七绝·插秧

长渠流水水连田,笑语时随蛙语传。
最爱村姑频点手,新秧排绿到天边。

发表于2023年第4期(总第290期)《中华诗词》。

七绝·春耕

青蛙擂鼓水弹弦,笑语欢歌漾满田。
谁把铁牛加马力?一犁要铲半边天。

发表于2023年第4期(总第293期)《中华诗词》。

七绝·秧针（通韵）

无心大木势凌云，有意争春知感恩。
但喜民生温饱解，何卑微小若根针？

发表于2023年第7期（总第293期）《中华诗词》。

七绝·池州西山采枣节（通韵）

金风泼彩染家园，采枣时节笑也甜。
长短竹竿手中起，漫天红雨落西山。

发表于2024年第4期（总第302期）《中华诗词》。

七绝·也题西湖

品读疑为一部书，游观恍在画中居。
若从韵致神情较，应感西施总不如。

发表于2024年第1期（总第32期）《明光诗词》的《徽韵皖风》栏目。

七绝·劳动光荣（通韵）

高楼大道巧安排，山水田园勤剪裁。
盛世何因春不老？汗花长伴萤花开。

发表于2024年第19期（总第1217期）《莲池周刊》（大型文学杂志）《莲池古韵》栏目。

七绝·茧花

任凭冬夏与春秋，掌上盛开开不休。

莫道斯花不香艳，年年结出大丰收。

发表于 2024 年第 19 期（总第 1217 期）《莲池周刊》（大型文学杂志）《莲池古韵》栏目。

七绝·环卫工人（新韵）

顶风冒雨又披星，清垢除污护市容。

漫道平凡非伟大，一张扫帚写文明。

发表于 2024 年第 19 期（总第 1217 期）《莲池周刊》（大型文学杂志）《莲池古韵》栏目。

七绝·春耕

雨润野畴铺彩笺，犁铧作笔蘸春天。

新年又有新思路，快写丰收下一篇。

发表于 2024 年第 19 期（总第 1217 期）《莲池周刊》（大型文学杂志）《莲池古韵》栏目。

七绝·看娘（通韵）

白发零星如雪飘，纵扶拐棍也弯腰。

每回忍看娘趋矮，愧我长成七尺高。

发表于 2024 年第 19 期（总第 1217 期）《莲池周刊》（大型文学杂志）《莲池古韵》栏目。

七绝·露（新韵）

滴滴点点面晶莹，润草浇花情最浓。

行好不图名与利，太阳一到便无踪。

发表于2024年第6期（总第304期）《中华诗词》。

七绝·粉笔（通韵）

一支粉笔似春蚕，万缕银丝吐不完。

但任未来织锦绣，尤期日日把花添。

发表于2024年第6期（总第304期）《中华诗词》。

七绝·退休自谑（通韵）

漫言一退就能休，仍有担当阻自由。

权视娇孙为领导，指东不敢往西溜。

发表于2024年第6期（总第304期）《中华诗词》。

七绝·老兵

退伍回乡几十年，诸多习惯却依然。

一闻抢险驰援令，丢下锄头就上前。

发表于2024年第8期（总第306期）《中华诗词》。

七绝·帮农（通韵）

乘坐公交到地旁，又来干部把农帮。

须知书记哪一位？枸杞园中他最忙。

发表于宁夏人民出版社2024年4月出版的《杞林流芳韵——"诗咏宁夏枸杞"全国诗词创作大赛优秀作品集》。

五绝·国庆口号

我爱新中国，如同爱我娘。

一声"生日好"，两眼泪盈眶。

发表于2024年第10期（总第308期）《中华诗词》。

五绝·国旗（通韵）

先烈心和血，染红一片霞。

曾招国站起，又引梦升华。

发表于2024年第10期（总第308期）《中华诗词》。

送你一片小阴凉（儿童诗）

大蚂蚁，过晒场，爬呀爬呀走得忙。

没打阳伞没戴帽，太阳晒得脚下烫。

蚂蚁蚂蚁你别急，我来给你挡日光。

身影落在你身上，送你一片小阴凉。

发表于湖南人民出版社出版发行的儿童文学杂志《漫画周刊》2024年9—10月号。

附　　录

附录一　楹联合为时而著

旭日行天，喜盖通红大印；

神州铺纸，欣签致富合同。

这是我1992年获得"华晋杯"全国春联大赛一等奖的春联。该联在当时的中国楹联界产生了不小的震动，被许多楹联家及楹联文学理论家们评论为"构思独特、气韵非凡、语言新颖、贴近时代的具创造性联想的好春联……"并被选入了尹贤先生主编的《对联写作指导》等几十种早期对联教材。我自此爱上了对联。

回首我的业余楹联创作之路，至今算来已有30余年的风雨历程了。其实这期间由于工作事务太忙，都是断断续续地在写联。所谓写联，也就是指写点征联。平时各种类型的征联活动，由于我无暇翻阅资料而很少问及，但每遇有重大时政主题征联时还是尽量参与。如国庆50周年60周年70周年、建党80周年90周年100周年等征联大赛，我几乎都要写联参赛。这类联姑且就叫作大庆联吧。

大庆联怎么写？经过30余年的摸索，我总结出了一些规律，那就是必须立意新颖。怎么能立意新颖？就是必须贴近时代、反映时代。怎么能贴近时代、反映时代？具体就是体现在时代生活与语言上。

首先谈谈大庆联之国庆联

　　大典震人寰，时代强音犹悦耳；

　　小康舒岁月，中华特色更扬眉。

　　这是我于1994年所写庆祝新中国成立45周年的大庆联，荣获了"富强杯"全国征联大赛唯一金奖。当时评委评曰："大典"反映了中华人民共和国成立初期的时政……"小康"切合了中华人民共和国成立45周年的时政……全联反映了新中国时代特征，且"大典"对"小康"一词比当前流行的"大治"对"小康"一词更高一筹，因而更见出新……

　　1999年在庆祝中华人民共和国成立50周年全国征联大赛中，我又有两副一等奖联作：

其一

代代呼天，天于五十年前亮；

人人爱国，国在千家业上强。

其二

五十年两首歌，歌唱东方红，歌唱春天故事；

九万里千张画，画描西部绿，画描世纪新图。

　　这两联能获一等奖，主要也是因为"春天故事""西部绿"等语言反映了新中国成立50周年"改革开放"以及"西部大开发"时期的精神面貌。

　　2009年在构思创作庆祝中华人民共和国成立六十周年大庆楹联时，我想："小康舒岁月"是新中国成立45周年时反映当时的生活语言；"画描西部绿"是新中国成立50周年时反映该时期的生活语言。现在是21世纪第一个十年了，怎么才能使语言出新而反映当今的时代呢？大治中国，富强盛世，小康宏图，和谐社会……这些词语自然地浮现在我的眼前！对，从大治、小康到强盛、和谐，这是新中国成立60周年的主要成就。只有把这些主要成就（特别是强盛、和谐）表现出来，才能反映当今时代，才能立意出新。但要想把这些成就表现出来，还必须要用艺术手法，且不能重复前三个一等奖联的老笔调了，必须另辟蹊径。几经思索，我终于找到了一条很有人情味且又能体现和谐氛围的新思路，即：13亿儿女都为祖国母亲祝六十大寿。

顺此思路往下理，觉得历来儿女们为母亲祝寿是要献寿礼的，而我们13亿儿女为祖国母亲祝六十大寿的寿礼应当是什么呢？自然，我想到了新中国成立60周年的主要成就：大治，小康，强盛，和谐。于是一比下联脱口而出：同祝母亲寿，寿礼为小康大治、强盛和谐。

我深感此句立意新，笔调新，合时合情合景。其配之对句也必须有所衬托才能使全联完美。但怎么对呢？我又想到了儿女们祝寿时必须倾诉感情。对，一抒情怀倾诉感情，一献寿礼捧心祝福，正好相联相配！但13亿儿女的博大情怀用什么表现呢？只有用蓝天、大地、青山、绿水等来形象比拟，才有可能完美表达。由此，另一比上联也终于一气呵成了，全联如下：

各抒儿女情，情怀是碧野蓝天、青山绿水；
同祝母亲寿，寿礼为小康大治、强盛和谐。

此联一出，我细读再三，觉得比以前我的三副国庆一等奖联的写法更巧妙、人情味更浓厚，反映了时代且立意更新。果然有幸，该联在陕西省宝鸡市庆祝新中国成立六十周年暨中国人民政协成立六十周年海内外征联大赛中获得了特等奖。评委评曰："……大手笔，高立意，切题小，蕴涵深，顶真续麻，情礼兼顾，当句自对，用词简约；上联以实喻虚，下联以虚拟实，虚实相生，使联语内涵丰富，摇曳多姿。开篇借喻，亲切通俗；继而暗喻，贴切自然；又用四组极具代表性意象借代祖国60年的辉煌业绩和风雨历程，可谓以一当十，惜墨如金……给读者以放飞想象翅膀的无限空间……"。我想：这"……四组极具代表性意象借代……给读者以放飞想象翅膀的无限空间……"就是指通过新的形象描写而表现出新的意象的；该联之所以被评委誉为成功，主要还是因为立意新、语言新而反映了那个时代的生活和精神所致。

六秩如歌，已使和谐入曲；
九州织锦，再凭发展添花。

旗开大典，步迈小康，六秩里程新，国从站起臻腾起；
业构和谐，心催发展，千秋民族福，世满欢歌伴凯歌。

以上我的两副庆祝新中国成立六十周年全国征联大赛一等奖之作，也同样是以当代新语言来表现时代，从而突出了新立意的。如"和谐""发展"二词均是出自"和谐社会""科学发展观"等当代时政之语。

进入了新时代新时期的中华人民共和国七秩大庆的2019年，我又创作了一副70字长联，有幸荣获了由广东省楹联学会、广东观音山国家森林公园联合举办的"观音山杯"庆祝中华人民共和国成立70周年全国长联大赛唯一一等奖：

七秩新旗帜，自北京升，从港澳升，向月球升，腾升旗帜耀乾坤，百姓翻身，得意扬眉犹放胆；
四旬大浪潮，于南粤涌，在城乡涌，随时代涌，奔涌浪潮连带路，九州追梦，纵情迈步更飞歌。

该联除排比句式跌宕起伏、气势雄畅且具有一气呵成的特点之外，最主要的优势还是因其立意新奇，字字句句体现了新中国、新时代。记得我在创作这副长联时，想到了五星红旗的升起，想到了改革开放大潮

　　　　　　　　　　　　我的获奖诗联选

的奔腾激荡。升旗——"自北京升，从港澳升，向月球升"，是反映了新中国历程的新语言；涌潮——"于南粤涌，在城乡涌，随时代涌"，是反映了新时代的新语言。"扬眉犹放胆"，是反映了新中国全国人民精神面貌的新语言；"奔涌浪潮连带路，九州追梦"，这句语言既有"人类命运共同体""中国梦"的内涵，又反映了新时代的精神实质。

再来谈谈大庆联之党庆联

2001年中国楹联学会和辽宁楹联学会等单位联合举办的庆祝建党80周年全国征联大赛，我获二等奖之联是：

北拱星明，东升日暖；
南来风爽，西望春新。

该联引人注目的不外乎"北拱""东升""南来""西望"四组语词的新鲜，且互对、自对，手法多多。而最能亮眼的，应该还是写出了"西部大开发""春风西度"的中国改革振兴时代的新情景、新盛况。

2011年中华诗词学会、中国楹联学会、野草诗社、湖北现代城建集团联合举办庆祝中国共产党成立90周年暨纪念辛亥革命100周年"现代杯"海内外诗词楹联大赛，我的获楹联一等奖之作如下：

万里江山铺白纸，由"一大"命题，解放切题，改革点题，已写出小康新作；

九旬岁月拨长弦，凭"三中"转调，繁荣入调，和谐定调，又弹成盛世凯歌。

该联写出了在"科学发展观"引导下的中国"和谐社会"繁荣昌盛时期的新气象。其中"一大""三中""解放""改革""繁荣""和谐""小康""盛世"等等，均为各个时期的时代语言。

2021年是中国共产党成立100周年。中国共产党领导中国人民走过的百年历程，是矢志践行初心使命的100年，是筚路蓝缕奠基立业的100年，是创造辉煌开辟未来的100年。百年接续奋斗中，中国共产党谋大局、解危局、应变局，团结带领中国人民励志奋斗，谱写了气壮山河的壮丽史诗。在这个百年一遇的大庆之时，我看到了复兴中国"全面小康"梦想的实现，感受到了"江山就是人民，人民就是江山"伟大真理的无比正确。百年大庆大征联，我有幸获得了自感满意的三个一等奖——

其一，上海老西门喜迎中国共产党成立100周年全国征联大赛一等奖：

功同盘古，以锤子镰刀，开天辟地；
恩比亲娘，凭小康大美，哺国育民。

其二，北京"汤河杯"庆祝中国共产党成立100周年全国诗词联大赛楹联一等奖：

起南湖而至北京，大道通天，锤镰耀日；
兴中国以联外域，小康遍地，时代延春。

其三，中国楹联学会联袂全国28个省级楹联组织以及江西省文联、中共景德镇陶瓷大学委员会和中国楹联馆等单位共同举办的"庆祝中国共产党成立100周年全国大征联"百副佳作前十名奖（一等奖）：

百年巨史创辉煌，地为封底，天为封面；
九域新篇书幸福，民是主题，党是主编。

纵观中国共产党百年大庆我的三副一等奖联作，均是切合于新时代，贴近于新时代，深入于新时代的作品。其中"小康大美，哺国育民""大道通天，锤镰耀日""小康遍地，时代延春""地为封底，天为封面""新篇书幸福""民是主题，党是主编"等等语言无不新鲜生动而致全联各有特色。其特色均来自立意新，其立意新均是由新语言所表达，其新语言均能够体现新的时代、新的思想、新的境界。

白居易曰：文章合为时而著，歌诗合为事而作。"为时而著"的"时"，即时代之意。这话既是古训，也是历代文人们赋予历史使命感的一种集中概括。回看我的各个时期国庆、党庆的大庆联以及所有获奖联作，无不打上了各个时代的烙印，由此我想楹联应当与文章、歌诗一样，也要"合为时而著"！

发表于2022年7月号（上）总第361期《对联》杂志《名家谈创作》栏目、2022年5月号总第5期《铜都文艺》的《名家鉴赏》栏目。

附录二　点评名家简介

（按入书先后为序）

卢晓简介：

卢晓，安徽蒙城人。中国楹联学会第五、六届、九届副会长，第七、八届名誉副会长。从事新闻采编工作三十年。曾获安徽省科学发展观征联一等奖、2014央视马年春联十佳、入选中国文联"庆祝改革开放四十周年全国征联"百副作品及第二届"梁章钜奖"等。现为《中国楹联报》总编、《楹联博览》杂志社执行社长。多次担任楹联大赛评委，不少作品于名胜景点刻挂。

梁石简介：

梁石，本名梁拉成，号逸然斋，别署太行默默生。生于1945年2月2日，山西昔阳人，二级作家专业职称。中国民间文艺家协会会员，山西省作家协会会员。曾任山西省第七届政协委员、中国诗词研究院副院长、中国楹联学会理事、中国毛泽东诗词研究会理事、山西省楹联艺术家协会副主席等。主攻诗词对联，业余爱好书法国画等。自作诗歌、诗词千余首。自撰对联 12000 余副。在全国 10 多家出版社公开出版对联专著 40 余种，其中多部联书多次重印，畅销全国，仅"春联"内容的联书就出过 8 种。与胞弟梁栋合作，连续 13 年在《人民日报》的《大地》副刊发表"新春联"200 余副，并连续 10 年在《书法导报》发表"新春联"500 余副。陆续在《对联》月刊发表联论文章 12 万字。荣获"全国联坛十杰""人民诗家"等荣誉称号，连续荣获晋中市第二、三、四、五届专业技术拔尖人才奖。多次担任楹联大赛评委，不少作品于名胜景点刻挂。

白启寰简介：

白启寰，1939 年生，安徽安庆人。笔名白之、皖师、文白、嬴慧、白也诗，斋名生虚室。原中国楹联学会常务理事、中国楹联学会学术委员会委员、安徽省楹联学会副会长、安庆民协《乡情报》主编。在楹联的搜集、整理、研究、鉴赏和创作等方面，均取得较大成绩。荣获"联坛十杰"荣誉称号。自 1981 年以来各类楹联文章和创作作品散见于《人民日报》《工人日报》等 50 多种报刊，并获得全国、省、市级的多次奖励。曾负责撰写《名联鉴赏辞典》（黄山书社）喜庆类联。作为中国楹联学会发起人之一，领导组织成立了安庆市楹联学会，参与筹建安徽省楹联学会，生平事迹被收录于《中国现代民间文艺家大辞典》和《中国对联大辞典》等书。著有《旧联修改例话》《古今商业对联精选》《安徽名胜楹联辑注大全》等，主要楹联论文有《话民国元年春联》《作家与春联》《联苑奇葩》《商业对联浅记》《郭沫若联语萃谈》《太平天国联语辑存》等。

韦化彪简介：

韦化彪，全国优秀楹联教师，天津市楹联学会第二届副会长，天津市作家协会会员。有著述多部出版发行，多次获得全国诗、联大赛等级奖，常任全国诗、联大赛评委，诗词作品散见于《诗刊》《中华辞赋》《中华诗词》《解放军报》等报刊。

张家安简介：

张家安，中国楹联学会常务理事，合肥市楹联学会首任会长。多次担任全国楹联大赛评委，在全国楹联大赛中多次获得等级奖，不少作品于名胜景点刻挂。

马萧萧简介：

马萧萧（1921—2009），山东安丘人。以笔名马萧萧知名于诗界。中国文联离休干部，著名书法家、画家、学者。曾任中国民间文艺家协会党组书记、中国楹联学会会长。

曾保泉简介：

曾保泉（1941—1996），北京出版社资深编辑，北京市社会科学院副研究员，原中国楹联学会副会长、北京楹联研究会副会长，中国楹联学会创始人之一，中国红楼梦学会及中国中日关系史研究会会员，红学与楹联研究专家。

邢伟川简介：

邢伟川，河北省曲阳县作家协会顾问，曲阳县和唐县诗联学会顾问，曾几十次担任多地楹联大赛评委，部分作品于全国各地景点刻挂，楹联作品获奖800余次，4副作品被中央电视台《朝闻天下》播出，1副作品被CCTV－2财经频道《鉴宝》节目现场采用张挂，歌赞全国劳模的多副作品被中央级党刊和《人民日报》登载。

方在华简介：

方在华（1938—2018），安徽安庆人。曾任安庆市老年大学诗词班教师，曾获中央电视台征联大赛一等奖及多次征联大赛奖。著有论文集

《诗词写作漫谈》及其续本等。

高中昌简介：

高中昌，中国书画艺术联合会理事，山西省诗词学会副会长，太原市诗词学会副主席，太原市楹联家协会副主席，政协清徐县委员会委员兼文史委副主任，清徐县文联副主席兼诗词楹联协会主席。

蔡从成简介：

蔡从成，中华国粹网校教授，在全国诗、联大赛中多次获得等级奖。

赵望进简介：

赵望进，山西省文联常务副主席，中国楹联学会顾问。

马长泰简介：

马长泰，山西省垣曲县县长，山西省楹联艺术家协会副主席兼秘书长。

宋贞汉简介：

宋贞汉，合肥市楹联学会副会长，在全国诗、联大赛中多次获得等级奖，不少作品于名胜景点刻挂，多次担任楹联大赛评委。

姚祥简介：

姚祥，中国文艺评论家协会会员，芜湖市作家协会副主席，有著述多部出版发行，近期主写文学评论。

刘太品简介：

刘太品（1964—2022），山东单县人。原中国楹联学会会长助理、中国楹联学会学术委员会秘书长、中国楹联学会中华对联文化研究院副院长兼秘书长、中国楹联学会会刊《对联文化研究》主编。

张永光简介：

张永光，中国楹联学会会员，在全国各类诗词对联赛事中获大小奖项数百次，多有联作被全国各地刻挂。

吴进文简介：

吴进文，安徽省马鞍山市诗词学会创建人之一，马鞍山诗词学会常务理事，《采石矶诗词》副主编，在全国诗、联大赛中多次获得等级奖，不少作品于名胜景点刻挂。

林其广简介：

林其广，著有多副佳联与多篇楹联评论。

吕淳民简介：

吕淳民，网名小吕飞刀。2013、2015、2016、2017年度中国对联创作奖得主。有作品发表于《人民日报》《党建》《对联》等报纸杂志。历任湖南中国百诗百联大赛第二、三、四届楹联评委、复评委，中央电视台春联评委，河南三门峡春联评委等。楹联作品刻挂于全国多处名胜景点。

凌一二简介：

凌一二，全国优秀楹联教师，湖南省楹联家协会常务理事。

吴爱芹简介：

吴爱芹，女。山东省楹联艺术家协会楹联教育委员会副主任，沿黄诗联学会副会长，济宁诗联学会副会长，梁山诗联学会常务副会长，2020年被授予"齐鲁联坛十秀"和"中华楹联十优主评"荣誉称号。

徐新霞简介：

徐新霞，湖北省诗词学会理事，湖北省楹联学会常务理事，黄石西塞山诗社副社长，大冶市作家协会顾问，大冶市诗词楹联学会常务副会长。

邹宗德简介：

邹宗德，"湖湘楹联七子"之一，湖南省楹联家协会理事会副主席，《对联》杂志学术指导，著有《对联创作学》一书由天津古籍出版社出版发行。

章剑华简介：

章剑华，国家一级艺术监督，教授，博士生导师，江苏省文联主席。

钟振振简介：

钟振振，南京师范大学文学研究所所长、特聘院教授、博士生导师。

周游简介：

周游，江苏省楹联研究会会长，曾获中央广播电视总台等主办的"诗词中国"大赛一等奖以及中国对联创作奖、《对联中国》年度佳作奖等，多次出任全国诗联大赛评委，主持编写了集楹联、书法、点评于一体的《联吟改革开放四十年》《城乡巨变七十年》等书籍，多次主持"城门挂春联、江苏开门红"等大型赛事评审，多副作品刻挂于名胜景点。

袁裕陵简介：

袁裕陵，笔名燕赵生，江苏省楹联研究会驻会名誉副会长，南京市楹联家协会主席，全球汉诗总会副秘书长，南京艺术学院特聘教授，金陵老年大学文史学院副院长，骈文《南京赋》作为城市文化名片刊于《光明日报》，著有《滨湖轩诗联集》。

徐熙彦简介：

徐熙彦，西安市楹联学会秘书长兼学术评审委员会主任，《长安联苑》编委。在全国诗词楹联征集中获奖百余次，其中一等奖十余次，有200多副（首）作品被全国名胜景点、牌坊、酒肆等刻制悬挂和收藏。

周希凡简介：

周希凡，曾有多篇小说于网络发表。

张萍简介：

张萍，女。中华诗词学会会员，铜陵市作家协会会员，诗作常在《中华诗词》等报刊发表，多次在全国诗词、楹联大赛中获奖。

芳华简介：

芳华，系指张华与杨芳夫妇诗人。张华系安徽省诗词协会副会长、池州市作协副主席、池州市杏花村诗社社长，杨芳系池州市杏花村诗社女诗人。

柯其正简介：

柯其正，中华诗词学会理事，安徽省诗词协会常务理事、终审，池州市杏花村诗社支部书记，池州市作家协会副秘书长，多篇诗歌、散文、报告文学荣获一二三等奖。

高建明简介：

高建明，女。中国文苑副总编、《名家点评》专栏执行总编，著有《高建明诗词全集》《建功时代鉴明心》《八重樱花绝句三百首》《八重樱花诗词三百首》《八重樱花词牌三百首》，并翻译成英日文畅销国外。

王十二简介：

王十二，实名王良才。安徽省诗词学会理事，池州市秋浦诗社社长，诗词多次获得《中华诗词》年度好作品奖，楹联曾获安徽电视台《第一时间》"迎兔年·赛春联""十佳春联"奖，诗集《王十二绝句三百首》由团结出版社出版发行。

孔梅简介：

孔梅，女。中国诗词研究会常务理事，淮南市诗词学会副会长，《淮南风韵》主编。

于娜简介：

于娜，女。安徽省诗词学会秘书长，安徽省诗词学会女工委主任，安徽省女书法家协会副秘书长，著有诗集《诗入行囊》。

巩超简介：

巩超，笔名风雨兼程，中华诗词学会企工委《商海诗潮》编审。

王力简介：

王力，内蒙古呼伦贝尔诗词学会副主席，诗词联在全国多有获奖，有作品刻石。

项文谟简介：

项文谟，中华诗词学会理事，安徽省诗词学会副会长，《安徽老年报》资深编辑。

沈煜简介：

沈煜，安徽省诗词学会副会长，安徽省炳烛诗书画联谊会、庐州诗词学会会长，多次获得全国诗歌诗词大赛金、银奖。著有现代、古典诗集《秋水无痕》，由安徽文艺出版社出版发行。

汪奇圣简介:

汪奇圣,安徽省诗词学会副会长,安徽省炳烛诗书画联谊会副会长,合肥市老年大学诗词班教师,中国科技大学老年大学诗词班教师,与夫人周晓英合著《南箫逸兴》由黄山书社出版发行。

卢冷夫简介:

卢冷夫,《中华诗词》编辑部主任,解放军红叶诗社副社长,《红叶》执行主编,《瞿塘潮诗评》顾问。

姚东红简介:

姚东红,女。安徽省诗词学会副会长,安徽省炳烛诗书画联谊会常务副会长兼主编,安徽省诗词学会女工委副主任,中华姚氏诗社执行社长兼主编,时有诗作获奖。

宋彩霞简介:

宋彩霞,女。《中华诗词》原副主编,中华诗词学会常务理事,山东省诗词学会副会长,中华诗词学会研修班导师,"诗词中国"大赛评委委员。

谢启平简介:

谢启平,亳州市诗词学会特邀指导,安徽省书协会员。曾获安徽电视台《第一时间》"迎虎年·赛春联""十佳春联"奖。

孙群简介:

孙群,江苏省作家协会会员,出版畅销小说、诗集多部。

麦未黄简介:

麦未黄,中华诗词学会企工委副秘书长兼《商海诗潮》主编,安徽省诗词协会徽商诗会主任。

周兴海简介：

周兴海，中华诗词学会会员，广东省深圳市长青诗社党支部书记、执行社长兼秘书长，深圳市宝安区诗词学会副会长。

陈兰香简介：

陈兰香，女。安徽省太白楼诗词学会副会长、常务理事、安庆市工作委员会主任及诗刊策划总编兼执行，安徽省诗词学会理事兼《江淮吟苑》执行编委，安徽省诗词学会女子工委会安庆工委委员，安徽省诗词协会女子诗协工委委员，安庆市诗词学会副会长兼办公室副主任、常务理事、副秘书长，《安庆诗词》《安庆吟坛》编审，安庆诗联研究会副秘书长。曾获安徽电视台征联优秀奖，被安徽省太白楼诗词学会评为2020年诗词"十佳"之一、2021年"优秀诗人"。

邹志高简介：

邹志高，中华诗词学会常务理事，中华诗词学会城镇工委副主任，安徽省诗词学会会长，安徽省炳烛诗书画联谊会会长。

徐红简介：

徐红，中华诗词学会理事，解放军红叶诗社副社长、《红叶》诗刊副主编，《中华军旅诗词研究》杂志主编，江苏省诗词协会顾问。

周巨龙简介：

周巨龙，安徽省作家协会会员，著有散文集《侠义东乡》，枞阳县第四届方苞文学奖获得者。

王惠维简介：

王惠维，古调新歌诗社顾问，诗刊社子曰诗社成员，有作品发表在《诗刊·子曰》《长白山诗词》等刊物，在全国诗词大赛中多次获奖。

刘鲁宁简介：

刘鲁宁，上海市诗词学会常务理事，中华诗词学会会员。

杨远建简介：

杨远建，湖南省楹联家协会创作与学术委员会委员，怀化市诗词楹联家协会理事，中国楹联学会对联文化研究院研究员，第八届中国楹联学会会员代表大会特邀代表。诗词联作品获优秀奖以上奖项百余次，并多次获得诗、联论文奖。

附录三　名家赠联

白启寰先生1994年赠联

　　自可做传人，气韵不凡佳句妙；
　　如何弘国粹？风华正茂别材高。

张家安先生1997年赠联

　　联语不无传世作；
　　笔端总有匠心存。

张永光先生2010年赠联

　　自信人生，频挥彩笔飞花雨；
　　如歌岁月，大展宏图续雅风。

吕可夫先生2011年赠联（林小然先生书法）

　　自然皆自在；
　　如是即如来。

魏启鹏先生2012年赠联

　　翰墨写春秋，自振玉敲金，色彩长辉斗日；
　　诗联扬志概，如飞龙跃马，陈橡特赋河山。

徐新霞先生2012年赠联

　　意境达玄天，用词绝妙；
　　心胸连墨海，运笔自如。

陈在强先生2017年题书赠联

　　自鉴旁参玄悟后；
　　如痴似醉妙香时。

曹文献先生2017年题书赠联

　　竹自胸成堪醉月；
　　笔如天赐每生花。

疏利民先生2024年赠联

　　获奖诗联专业户；
　　标新艺术领头人。

卢晓先生2024年赠联

　　诗联自此称高手；
　　才德如其是大家。

　　　　　　　　　　　　　　　我的获奖诗联选

后　记

　　《我的获奖诗联选》选编了我的获奖诗联1200多副（首）。其实根据获奖证书和奖金次数的记录，截至2024年6月，我的获奖诗联应有1600副（首）之多，此外的400多副（首），由于资料不全，尚待搜集整理核对，只能有望于下一本书中呈现了。

　　说是获奖诗联选辑，还不如说是我写作历程的记录，因为我一直以来的写作就是参赛。从1981年写民歌、新诗、曲艺、文章起，我在向报刊投稿发表的同时，就注意到了文学作品获奖的重要性了。1992年根据自己的《订合同》诗改编成一副春联而第一次获得对联奖（一等奖）之后，我正式走上了业余楹联创作与研究之路。楹联界年年赛事频频，此起彼伏。我这1600多个奖的数字就是从此快速提增的。格律诗是从2019年我迁居铜陵市内后开始较多涉足的，甚为所幸的是，迁居四年多来我在收获楹联奖的同时，也收获了100多个诗词奖。也正是这些诗词奖促使了《我的获奖诗联选》这个书名的形成。

　　说到诗联参赛获奖时，不得不说一下自己的内心活动。在40多年的写作参赛中，我从未有过因未获奖而愤愤不平，也从未有过因获了大奖而沾沾自喜。"得之坦然，失之淡然"始终是我写作的心态，当然，这本来也是我为人处世的心态。

啰唆了这么多，还没有说到正题，这篇《后记》主要想表达我的深深感谢之意——

一要感谢《中国楹联报》总编卢晓老师和作家梁石老师欣然作序！两篇提纲挈领、高屋建瓴的序文，对我的获奖诗联给予了高度的评价，使我在受之有愧的同时，也感受到了莫大的荣幸和鼓舞！

二要感谢40多年来历次大赛的评委会、评委老师、楹联名家老师、诗词名家老师们，他们分别为我获奖诗联撰写的160多篇点评或颁奖词，篇篇短小精悍、耐人寻味、句句精彩绝伦、引人入胜，读后使人获益匪浅！

三要感谢合肥工业大学出版社对我获奖诗联作品的认可！

四要感谢资深责任编辑疏利民老师的精心策划和热情帮助！

最后，我还要借此机会感谢一下自己这么多年以来的执着与坚持！尽管我曾为他人题写了不少诗联，但却一直疏忽了自己，在此就以我的为人为文之个性，也给自己题一下吧——

自题诗

笑我从文也不痴，酸甜苦辣内心知。

平生最爱情人俩，一叫楹联一叫诗。

自题联

自然自在；

如水如山。

陈自如

2024年6月10日端午